O MERCADOR DE VENEZA

William Shakespeare

William Shakespeare

O MERCADOR DE VENEZA

CLÁSSICOS
DA LITERATURA
DE FICÇÃO

L
I
V
R
E

Coleção Clássicos da Literatura de Ficção
O mercador de Veneza
William Shakespeare
1ª edição — julho de 2020 — CEDET
Título original: *The Merchant of Venice*.
O texto desta tradução foi retirado do site DomínioPúblico.gov.br e pode ser acessado neste link:
http://www.dominiopublico.gov.br/download/texto/cv000094.pdf

CEDET — Centro de Desenvolvimento Profissional e Tecnológico
Rua Armando Strazzacappa, 490
CEP: 13087-605 — Campinas, SP
Telefone: (19) 3249-0580

Gerente editorial:
Felipe Denardi

Produção editorial:
Natalia Ruggiero

Diagramação & capa:
Mariana Kunii

Preparação de arquivo:
Anna Clara Perina Luiz

Revisão de provas:
Tamara Fraislebem
Tomaz Lemos

Conselho editorial:
Adelice Godoy
César Kyn d'Ávila
Silvio Grimaldo de Camargo

FICHA CATALOGRÁFICA

Shakespeare, William

O mercador de Veneza / William Shakespeare; — Campinas, SP: Edições Livre, 2020.

ISBN: 978-85-92852-50-4

1. Literatura inglesa.

I. Autor II. Título.

CDD 820

ÍNDICE PARA CATÁLOGO SISTEMÁTICO

1. Literatura inglesa — 820

SUMÁRIO

ATO I

Cena I 9
Cena II 14
Cena III 19

ATO II

Cena I 25
Cena II 27
Cena III 34
Cena IV 35
Cena V 36
Cena VI 38
Cena VII 41
Cena VIII 43
Cena IX 45

ATO III

Cena I 49
Cena II 54
Cena III 63
Cena IV 64
Cena V 67

ATO IV

Cena I 71
Cena II 86

ATO V

Cena I 87

PERSONAGENS

O DOGE DE VENEZA.

O PRÍNCIPE DO MARROCOS, pretendente de Pórcia.

O PRÍNCIPE DE ARAGÃO, pretendente de Pórcia.

ANTÔNIO, um mercador de Veneza.

BASSÂNIO, seu amigo.

GRACIANO, amigo de Antônio e de Bassânio.

SALÂNIO, amigo de Antônio e de Bassânio.

SALARINO, amigo de Antônio e de Bassânio.

LOURENÇO, apaixonado de Jéssica.

SHYLOCK, um judeu rico.

TUBAL, um judeu, seu amigo.

LANCELOTO GOBBO, criado de Shylock.

O VELHO GOBBO, pai de Lanceloto.

LEONARDO, criado de Bassânio.

BALTASAR, criado de Pórcia.

ESTÉFANO, criado de Pórcia.

PÓRCIA, rica herdeira.

NERISSA, sua dama de companhia.

JÉSSICA, filha de Shylock.

Senadores de Veneza, oficiais da Corte de Justiça, um carcereiro, criados de Pórcia e outros servidores.

ATO I

Cena I

Veneza. Uma rua.

(*Entram Antônio, Salarino e Salânio*).

ANTÔNIO — Não sei, realmente, por que estou tão triste. Isso me enfara; e a vós também, dissestes. Mas como começou essa tristeza, de que modo a adquiri, como me veio, onde nasceu, de que matéria é feita, ainda estou por saber. E de tal modo obtuso ela me deixa, que mui dificilmente me conheço.

SALARINO — Vosso espírito voga em pleno oceano, onde vossos galeões de altivas velas — como burgueses ricos e senhores das ondas, ou qual vista aparatosa distendida no mar — olham por cima da multidão de humildes traficantes que os saúdam, modestos, inclinando-se, quando perpassam com tecidas asas.

SALÂNIO — Podeis crer-me, senhor: caso eu tivesse tanta carga no mar, a maior parte de minhas afeições navegaria com minhas esperanças. A toda hora folhinhas arrancaria de erva, para ver de onde sopra o vento; debruçado nos mapas, sempre, procuraria portos, embarcadoiros, rotas, sendo certo que me deixaria louco tudo quanto me fizesse apreensivo pela sorte do meu carregamento.

SALARINO — Meu hálito, que a sopa deixa fria, produzir-me-ia febre, ao pensamento dos desastres que um vento muito forte pode causar no mar. Não poderia ver correr a ampulheta sem que à idéia me viessem logo bancos e mais bancos de areia e mil baixios, inclinado vendo o meu rico "André" numa coroa, mais fundo o topo do que os próprios flancos, para beijar a tumba; não iria à igreja sem que a vista do edifício majestoso de pedra me fizesse logo lembrado de aguçadas rochas, que, a um simples toque no meu gentil barco, dispersariam pelas ondas bravas suas especiarias, revestindo com minhas sedas as selvagens ondas. Em resumo: até há pouco tão valioso tudo isso; agora, sem valia alguma. Pensamento terei para sobre essa conjuntura pensar, e há de faltar-me pensamento no que respeita à idéia de que tal coisa me faria triste? Mas não precisareis dizer-me nada: sei que Antônio está triste só de tanto pensar em suas cargas.

ANTÔNIO — Podeis crer-me, não é assim. Sou grato à minha sorte; mas não confio nunca os meus haveres a um só lugar e a um barco, simplesmente nem depende o que tenho dos azares do corrente ano, apenas. Não me deixam triste, por conseguinte, as minhas cargas.

SALARINO — Então estais amando.

ANTÔNIO — Ora! Que idéia!

SALARINO — Não é paixão, também? Então digamos que triste estais por não estardes ledo, e que saltar e rir vos fosse fácil e acrescentar, depois, que estais alegre porque triste não estais. Pelo deus Jano de dupla face, a natureza, agora, confecciona uns sujeitos bem curiosos: uns, de olhos apertados, riem como papagaio trepado numa gaita de fole; outros andam com tal cara de vinagre, que nunca os dentes mostram à guisa de sorriso, muito embora Nestor jurasse que a pilhéria é boa.

(*Entram Bassânio, Lourenço e Graciano*).

SALÂNIO — Eis que vem vindo aí Bassânio, vosso muito nobre parente, acompanhado de Lourenço e Graciano. Passai bem, que em melhor companhia vos deixamos.

SALARINO — Ficaria convosco até deixar-vos mais disposto, se amigos muito dignos não me solicitassem neste instante.

ANTÔNIO — Sei apreciar em tudo vossos méritos. Os negócios vos chamam, estou certo, e o ensejo aproveitais para deixar-nos.

SALARINO — Bom dia, caros lordes.

BASSÂNIO — Quando riremos outra vez, senhores? Dizei-nos: quando? Quase vos tornastes estranhos para nós. É concebível semelhante atitude?

SALARINO — Nossas folgas irão ficar só ao dispor das vossas.

(*Saem Salarino e Salânio*).

LOURENÇO — Caro Senhor Bassânio, já que achastes Antônio, vos deixamos. Mas mui gratos vos ficaremos, se hoje à noite, à ceia, vos lembrardes do ponto em que devemos encontrar-nos de novo.

BASSÂNIO — Combinado.

GRACIANO — Senhor Antônio, pareceis doente. Preocupai-vos demais com este mundo. Perda de vulto é tudo o que nos custa tantos cuidados. Podeis dar-me crédito: mudastes por maneira extraordinária.

ANTÔNIO — O mundo, para mim, é o mundo, apenas, Graciano: um palco em que representamos, todos nós, um papel, sendo o meu triste.

GRACIANO — O de bobo farei. Que entre folguedos e risadas as velhas rugas cheguem. Prefiro o fígado aquecer com vinho a esfriar o peito com gemidos lúgubres. Se o sangue temos quente, por que causa deveremos ficar imóveis como nossos antepassados de alabastro? Dormir de pé, ficar com icterícia só de não fazer nada? Escuta, Antônio — dedico-te afeição; ela é que fala — pessoas há cuja fisionomia se enruga e enturva como uma lagoa parada, e que a toda hora se retraem num silêncio obstinado, só com o fito de aparência vestirem-se de profunda sabedoria, gravidade e senso, como quem diz: "Eu sou o senhor Oráculo; quando eu falar, nenhum cachorro ladre!". Conheço, caro Antônio, muitos homens que são tidos como sábios, tão-somente por não dizerem nada, quando é certo que, se a falar chegassem, aos ouvintes condenariam, por levá-los, logo, a dar ao próximo o nome de tolo. De outra vez falaremos mais sobre isso. Mas com isca assim triste não me pesques semelhante opinião, pois como engodo, só serve para os tolos. Vem, bondoso Lourenço. Por enquanto, passai bem. Depois da ceia acabarei a prédica.

LOURENÇO — Muito bem; até à ceia vos deixamos. Vou fazer o papel de sábio mudo, porque falar Graciano não me deixa.

GRACIANO — Pára ao meu lado apenas mais dois anos, que a própria voz há de ficar-te estranha.

ANTÔNIO — Adeus; para alcançar esse objetivo vou ficar falador.

GRACIANO — Sim; que o silêncio só é virtude em língua defumada ou em virgem que não quer ser conquistada.

(*Saem Graciano e Lourenço*).

ANTÔNIO — Que sentido há em tudo isso?

BASSÂNIO — Graciano fala sempre uma infinidade de nadas, como ninguém em Veneza. Suas idéias razoáveis são como dois grãos de trigo perdidos em dois alqueires de palha: gastais um dia inteiro para encontrá-los; mas, uma vez achados, não compensam o trabalho.

ANTÔNIO — Dizei-me agora o nome da donzela a que jurastes ir secretamente em peregrinação, de que devíeis falar-me hoje, segundo o prometestes.

BASSÂNIO — Não ignoras, Antônio, até que ponto dissipei meus haveres, pretendendo sustentar um estilo mais custoso de vida do que minhas fracas rendas podiam comportar. Presentemente não me pesa abrir mão desse alto estilo. Consiste todo o meu cuidado apenas em liquidar airosamente as dívidas em que me enleou a vida um tanto pródiga. Convosco, Antônio, tenho o maior débito, de amizade e dinheiro, assegurando-me vossa amizade o mais propício meio de aliviar-me dos planos e projetos de como ficar livre dessas dívidas.

ANTÔNIO — Confiai-me, bom Bassânio, esses projetos, que, se estiverdes ainda, como sempre, sob a mirada da honra, ficai certo de que minha pessoa, a bolsa, todos os meus recursos ficarão patentes à vossa precisão.

BASSÂNIO — Quando menino de escola, se eu perdia alguma flecha, costumava lançar outra em seguida, para achar a primeira. Assim, as duas arriscando, acabava, muitas vezes, por ambas encontrar. Se menção faço desse jogo infantil, é porque tudo quanto se segue é de inocência pura. Já me emprestastes muito, e, como jovem estúrdio, perdi tudo o que vos devo. Mas se quiseres mandar outra flecha na direção daquela, não duvido que, atento à meta, encontrarei as duas, ou, quando menos, a última devolvo, ficando a vos dever apenas uma.

ANTÔNIO — Conheceis-me mui bem; por isso mesmo perdeis tempo apelando desse modo para a minha afeição. Além de tudo, pondo em dúvida o meu devotamento, muito mais me ofendeis do que se houvésseis malbaratado tudo o que possuo. Basta dizerdes-me o que é necessário que eu faça, o que julgardes que só pode ser por mim realizado, e eis-me disposto para tudo fazer. Falai, portanto.

BASSÂNIO — Em Belmonte há uma jovem que de pouco recebeu grande herança. É muito linda e, mais do que esse termo, de virtudes admiráveis. Outrora eu recebi de seus olhos mensagens inefáveis. Chama-se Pórcia, inferior em nada à filha de Catão, Pórcia de Bruto. Não lhe ignora o valor o vasto mundo, pois pelos quatro ventos lhe têm vindo de toda parte muitos pretendentes de fama sublimada. Como velo de ouro o solar cabelo lhe orna a fronte, o que transforma a sede de Belmonte em uma nova Cólquida, empenhando-se muitos Jasões no afã de conquistá-la. Ó meu Antônio! Se eu possuísse meios para poder apresentar-me como pretendente também, não me restaria, diz-me o pressentimento, a menor dúvida de que eu viria a ser o felizardo.

ANTÔNIO — Sabes que está no mar tudo quanto possuo. Dinheiro ora não tenho, nem disponho, nesta ocasião, de nada com que possa levantar qualquer soma. Sai a campo; põe à prova meu crédito em Veneza. Hei de espichá-lo ao último, contanto que te prepares para que em Belmonte vejas a bela Pórcia. Vai; informa-te por teu lado, como eu, onde há dinheiro para emprestar. Seria fato inédito nada obtermos agora com meu crédito.

(*Saem*).

Cena II

Belmonte. Um quarto em casa de Pórcia.

(*Entram Pórcia e Nerissa*).

PÓRCIA — Por minha fé, Nerissa, este mundo grande cansa-me o pequeno corpo.

NERISSA — Isso se daria, estimada senhora, se vossos incômodos fossem tão numerosos quanto vossas venturas. Aliás, por tudo quanto vejo, tanto se adoece por comer em excesso como por definhar à míngua. Não é, por conseguinte, ventura despicienda encontrarmo-nos em uma situação mediana. A superfluidade chega mais cedo aos cabelos brancos, mas a modicidade vive mais tempo.

PÓRCIA — Belas sentenças e ótima dicção.

NERISSA — Melhores ainda seriam as sentenças, se fossem postas em prática.

PÓRCIA — Se fazer fosse tão fácil como saber o que se deve fazer bem, as capelas teriam sido igrejas e as choupanas dos pobres, palácios principescos. Bom predicador é o que segue suas próprias instruções. É-me mais fácil ensinar a vinte pessoas como devem comportar-se, do que ser uma das vinte, para seguir a minha própria doutrina. O cérebro pode inventar leis para o sangue, mas os temperamentos ardentes saltam por cima de um decreto frio. A senhorita loucura é uma lebre que pula por sobre a rede do bom conselho, o coxo. Mas esse raciocínio é inadequado para ajudar-me na escolha de um marido. Mas, ai de mim! "Escolha" é modo de dizer. Não está em mim nem escolher quem eu desejar, nem recusar quem me desagradar. Desse modo, dobra-se a vontade de uma filha viva ante a de um pai morto. Não é duro, Nerissa, não podermos escolher nem recusar ninguém?

NERISSA — Vosso pai foi sempre virtuoso, e as pessoas assim pias ao morrerem têm inspirações felizes. Por isso, a loteria concebida por ele, dos três cofres, de ouro, prata e chumbo, com a afirmativa de que quem escolhesse segundo o seu modo de pensar vos escolheria também, sem dúvida alguma só poderá ser ganha por quem vos ame verdadeiramente. Mas a que ponto vos sentis inclinada para qualquer dos pretendentes principescos que já se fizeram anunciar?

PÓRCIA — Enumera-os, por obséquio, que os descreverei, à medida que os nomeares. Da descrição que eu fizer, deduzirás o grau de minha inclinação.

NERISSA — Primeiro, temos o príncipe napolitano.

PÓRCIA — Oh! Não passa de um potro xucro, porque toda sua conversa só gira em torno de cavalos, considerando ele especial atributo de suas boas qualidades saber ele mesmo ferrá-los. Receio muito que a senhora mãe dele haja prevaricado com algum ferreiro.

NERISSA — Depois, temos o conde palatino.

PÓRCIA — Esse anda sempre de sobrecenho fechado, como se estivesse a dizer: "Se não me quiserdes escolher, decidi-vos logo". Ouve histórias alegres sem sorrir; receio que, ao envelhecer, se torne filósofo chorão, já que na mocidade revela tão selvagem sisudez. Prefiro desposar uma caveira com um osso na boca a escolher um qualquer desses pretendentes. Deus me defenda de ambos.

NERISSA — E que dizeis do senhor francês, Monsieur Le Bon?

PÓRCIA — Foi Deus que o fez; por isso, que passe por criatura humana. Em verdade, sei perfeitamente que é pecado zombar. Mas esse! Possui um cavalo melhor do que o do napolitano, sendo o seu mau hábito de franzir o sobrolho mais suportável do que o do conde palatino. É todo o mundo e ninguém. Se um tordo canta, põe-se a fazer cabriolas; se casar com ele, casarei com vinte maridos. Se ele me desprezar, perdoar-lhe-ei, porque ainda que me amasse até à loucura, jamais poderia retribuir-lhe o amor.

NERISSA — Que dizeis, então, de Falconbridge, o jovem barão da Inglaterra?

PÓRCIA — Bem sabeis que dele nada posso dizer, porque nem ele me compreende, nem eu a ele. Não fala nem latim, nem francês, nem italiano, assim como podeis prestar juramento no Tribunal de Justiça em como não possuo um só real da língua inglesa. É um belo retrato de homem; mas quem poderá conversar com uma figura de pantomima? E que maneira extravagante de vestir-se! Suspeito que comprou o gibão na Itália, os calções largos na França, o gorro na Alemanha e suas maneiras em toda parte.

NERISSA — Que pensais do senhor escocês, seu vizinho?

PÓRCIA — Que revela qualidade vizinhesca, pois recebeu emprestada do inglês uma bofetada, tendo jurado que a pagará quando puder. Creio que o francês foi o seu fiador, que subscreveu mais uma bofetada.

NERISSA — Como vos parece o jovem alemão, sobrinho do Duque de Saxônia?

PÓRCIA — Repelente pela manhã, quando ainda não está bêbedo, e repelentíssimo à tarde, depois do pifão quotidiano. No seu melhor estado é pouco pior do que homem; no pior, pouco melhor do que animal. Por pior que me possa acontecer, ainda espero poder livrar-me dele.

NERISSA — Se ele se decidir a escolher e escolher o cofre bom, desobedecereis à vontade de vosso pai, no caso de vos recusardes a aceitá-lo.

PÓRCIA — Por isso, de medo do pior, peço-te que coloques sobre um dos cofres em branco um copo bem cheio de vinho do Reno. Porque ainda que o diabo estivesse dentro desse cofre, estando fora a tentação, ele escolherá esse mesmo. Tudo, Nerissa, menos casar-me com uma esponja.

NERISSA — Não precisais ter medo, senhorita, de que possais vir a se casar com qualquer desses pretendentes, pois todos eles me comunicaram a determinação de voltar para casa, cessando de vos importunar com vos fazer a corte, a menos que pudésseis ser conquistada por outro meio que não o da imposição de vosso pai, com relação aos cofres.

PÓRCIA — Ainda que eu chegue a ficar tão velha quanto Sibila, morrerei tão casta como Diana, no caso de não ser conquistada segundo as condições estipuladas por meu pai. Alegra-me saber que esses pretendentes se mostram tão razoáveis, pois não há um só entre eles cuja ausência eu não deseje com todas as veras da alma, pedindo a Deus que lhes conceda uma boa viagem.

NERISSA — Não vos recordais, senhora, no tempo em que vosso pai ainda vivia, de um veneziano, soldado e estudante, que aqui veio em companhia do Marquês de Montferrat?

PÓRCIA — Sim, sim; se não me engano, chamava-se Bassânio.

NERISSA — Isso mesmo, senhora; esse, de todos os homens que estes olhos têm contemplado, é o mais digno de uma bela esposa.

PÓRCIA — Lembro-me perfeitamente dele, assim como me lembro de que é merecedor desse elogio.

(*Entra um criado*).

PÓRCIA — Então, que há de novo?

CRIADO — Senhora, os quatro estrangeiros vos procuram, para apresentarem suas despedidas, tendo chegado, também, o mensageiro de um quinto, Príncipe do Marrocos, que trouxe a notícia de que o príncipe, seu amo, chegará aqui esta noite.

PÓRCIA — Se eu pudesse apresentar as boas-vindas ao quinto com a mesma disposição com que me despeço dos outros quatro, sua chegada me deixaria alegre. Se ele tiver a compostura de um santo e a cor do diabo, melhor fora que, em vez de desposar-me, me confessasse. Vamos, Nerissa. Segue na frente, maroto. Enquanto fecham o portão a um pretendente, bate outro à porta.

(*Saem*).

Cena III
Veneza. Uma praça pública.

(*Entram Bassânio e Shylock*).

SHYLOCK — Três mil ducados. Bem?

BASSÂNIO — Sim, senhor; por três meses.

SHYLOCK — Por três meses. Bem?

BASSÂNIO — Dos quais, como vos disse, servirá Antônio de fiador.

SHYLOCK — Antônio servirá de fiador. Bem?

BASSÂNIO — Podeis servir-me? Quereis fazer-me esse obséquio? Posso saber vossa resposta?

SHYLOCK — Três mil ducados, por três meses e Antônio como fiador.

BASSÂNIO — Que respondeis a isso?

SHYLOCK — Antônio é um bom homem.

BASSÂNIO — Já ouviste qualquer imputação em contrário?

SHYLOCK — Oh, não, não, não! Quando digo que ele é um bom homem, quero fazer-vos compreender que como fiador é suficiente. Mas seus recursos são hipotéticos. Ele tem um galeão no caminho de Trípoli; outro no das Índias. Ouvi falar, também, no Rialto, que tem um terceiro de rota para o México, um quarto, para a Inglaterra, bem como outras pacotilhas espalhadas por esse mundo. Mas navios não passam de tábuas, e marinheiros, de homens. Há ratos de terra e ratos de água, ladrões de terra e ladrões de água — quero dizer: piratas — como há os perigos dos ventos, das ondas e das rochas. O homem, não obstante, é suficiente. Três mil ducados; creio que posso aceitar a fiança dele.

BASSÂNIO — Ficai seguro de que o podeis.

SHYLOCK — Ficarei seguro de que o posso e hei de considerar que posso ficar seguro. Posso conversar com Antônio?

BASSÂNIO — Se vos agradar cear conosco.

SHYLOCK — Sim, para sentir o cheiro de porco, para comer da casa de onde vosso profeta, o Nazareno, conjurou o demônio. Poderei comprar e vender convosco, conversar convosco, passear convosco, e assim por diante; mas não comerei convosco, nem beberei convosco, nem rezarei convosco. Que novidades há no Rialto? Quem é que vem chegando aqui?

(*Entra Antônio*).

BASSÂNIO — É o Senhor Antônio.

SHYLOCK — (*à parte*) Como parece o falso publicano! Por ele ser cristão é que o odeio, mas, acima de tudo, porque em sua simplicidade vil, dinheiro empresta gratuitamente e faz baixar a taxa de juros entre nós aqui em Veneza. Se em falta alguma vez puder pegá-lo, saciado deixarei meu antigo ódio. Nossa nação sagrada ele detesta, e, até mesmo no ponto em que costumam reunir-se os mercadores, ele insulta-me, meus negócios condena e o honesto lucro que de interesse chama. Amaldiçoada minha tribo se torne, se o perdoar.

BASSÂNIO — Shylock, estais ouvindo?

SHYLOCK — Considero minhas mercadorias em depósito; mas pelas contas feitas de cabeça, não me será possível mui depressa levantar uma soma tão vultosa: três mil ducados! Mas a que vem isso? Tubal, um rico hebreu de minha tribo, há de me socorrer. Mas, de mansinho! O empréstimo será por quantos meses? (*A Antônio*) Meu bom senhor, desejo-vos saúde. Falávamos de Vossa Senhoria.

ANTÔNIO — Shylock, muito embora eu nunca empreste nem emprestado peça, sem que aceite nem pague juro algum, neste momento, para atender à precisão urgente deste amigo, romper resolvo os hábitos. (*A Bassânio*) Ele já sabe a quanto monta tudo?

SHYLOCK — Sei, sei! Três mil ducados.

ANTÔNIO — Por três meses.

SHYLOCK — Esquecera-o. Três meses. Já me tínheis dito isso mesmo. Muito bem. Com vossa fiança... Vamos ver... Mas, escutai-me: se não me engano, há pouco declarastes que jamais emprestais nem pedis nada visando lucros.

ANTÔNIO — Nunca fiz tal coisa.

SHYLOCK — Quando Jacó cuidava das ovelhas de seu tio Labão... Esse Jacó era, depois do nosso santo Abraão — por haver trabalhado sabiamente em seu proveito a mãe, sim, sabiamente — o terceiro patriarca. Sim, terceiro.

ANTÔNIO — E a que vem isso? Ele cobrava juros?

SHYLOCK — Não, não cobrava, o que chamais de juros, diretamente. Agora tomai nota de como fez Jacó. Quando ele e o tio assentaram que todos os cordeiros malhados e de rajas ficariam para Jacó, à guisa de salário, as ovelhas em cio foram postas, no fim do outono, junto dos carneiros. E quando entre esses animais velozes o ato da geração se processava, pelou-me algumas varas o astucioso pastor e, ao trabalhar a natureza, frente as pôs das ovelhas voluptuosas que, concebendo então, no tempo próprio só pariram cordeiros variegados, que com Jacó ficaram. Eis um meio de ganhar, e Jacó foi abençoado. Não sendo roubo, todo lucro é bênção.

ANTÔNIO — Ora, senhor, tudo isso é mero acaso, que redundou em lucro de Jacó. Não dependia dele o resultado. É a mão do céu que tudo faz e guia. Mas justifica a história o cobrar juros? Vossa prata e vosso ouro são, acaso, ovelhas e carneiros?

SHYLOCK — Não vos posso dizer ao certo; mas os multiplico com a mesma rapidez. Porém ouvi-me, senhor.

ANTÔNIO — Bassânio, observa como o diabo sabe tirar partido da Escritura. Uma alma vil, que cita as coisas santas, é como o biltre de sorriso ameno, ou uma bela maçã podre por dentro. Como é belo o exterior da falsidade!

SHYLOCK — Três mil ducados... Soma bem redonda. Por três meses em doze. Ora vejamos quanto isso vai render.

ANTÔNIO — Então, Shylock, assumimos convosco esse contrato?

SHYLOCK — Senhor Antônio, quantas, quantas vezes lá no Rialto fizestes pouco caso do meu dinheiro e de eu viver de juros! Suportei tudo sempre com um paciente encolher de ombros, pois o sofrimento é apanágio de toda a nossa tribo. De tudo me chamáveis: cão, incrédulo, degolador, além de me escarrardes neste gabão judeu, e tudo apenas por eu usar o que me pertencia. Ora bem; mas agora está patente que precisais de mim. Ótimo! Avante! Vindes buscar-me e me dizeis: "Shylock", dizeis-me "precisamos de dinheiro". Vós, que esvaziado havíeis toda a vossa saliva em minha barba e me expulsáveis a ponta-pés, tal qual como faríeis a um cão postado em frente a vossa porta, solicitais dinheiro. Que vos devo responder neste instante? Deveria perguntar-vos: "Cachorro tem dinheiro? Será possível que um cachorro empreste a alguém três mil ducados?". Inclinar-me devo até o chão e, em tom de voz de escravo, humilde a murmurar, quase sem fôlego, dizer assim: "Na última quarta-feira, caro amigo, cuspistes-me no rosto; noutro dia, chamastes-me de cão; e em troco dessas cortesias, preciso ora emprestar-vos tanto dinheiro assim?".

ANTÔNIO — Ainda agora pudera novamente dar-te o nome de cão, de minha porta tocar-te a ponta-pés, cuspir-te o rosto. Se queres emprestar-nos teu dinheiro, não o faças como a amigos — em que tempo a amizade cobrou do amigo juros de um metal infecundo? —, antes o empresta como a teu inimigo, pois no caso de vir ele a faltar com o pagamento, com mais alegre rosto hás de extorquir-lhe tudo o que te dever.

SHYLOCK — Ora essa! Vede como vos exaltais! É meu desejo prestar-vos um obséquio, conquistar-vos a amizade, esquecer-me das injúrias com que me maculastes, suprir vossa necessidade, sem tirar proveito nenhum do meu dinheiro. No entanto, não me quereis ouvir. É amiga a oferta.

ANTÔNIO — Realmente, muito amiga.

SHYLOCK — Quero dar-vos prova dessa amizade. Acompanhai-me ao notário e assinai-me o documento da dívida, no qual, por brincadeira, declarado será que se no dia tal ou tal, em lugar também sabido, a quantia ou quantias não pagardes, concordais em ceder, por eqüidade, uma libra de vossa bela carne, que do corpo vos há de ser cortada onde bem me aprouver.

ANTÔNIO — Palavra, aceito! Assinarei a dívida e declaro que um judeu pode ser até bondoso.

BASSÂNIO — Jamais assinareis, por minha causa, um documento desses; antes quero continuar a passar necessidade.

ANTÔNIO — Nada temas, amigo, que eu não perco. Daqui a dois meses, isto é, um mês antes de se vencer a letra, espero certo receber nove tantos do que vale.

SHYLOCK — Como são os cristãos, ó pai Abraão! A dureza mui própria os leva sempre a suspeitar do pensamento alheio. Uma coisa dizei-me, por obséquio: se ele não me pagar no dia certo, que lucrarei cobrando-lhe essa pena?

Uma libra de carne humana, quando retirada de alguém, não vale tanto nem é tão apreciada quanto carne de vitela, de cabra ou de carneiro. Só para ser-lhe amável é que faço semelhante proposta. Caso a aceite, serei contente. Do contrário, adeus. E, pelo meu amor, não me ultrajeis.

ANTÔNIO — Pois não, Shylock; assinarei a letra.

SHYLOCK — Então dentro de pouco ide encontrar-me em casa do notário. Dai-lhe os dados para aprontar essa jocosa letra, que os ducados vou pôr dentro da bolsa e ver o que há em casa, cuja guarda confiei a um velhaco perdulário. Dentro de pouco lá estarei convosco.

ANTÔNIO — Valoroso judeu, põe pressa nisso.

(*Sai Shylock*).

ANTÔNIO — Esse hebreu ainda acaba convertendo-se. Já se mostra bondoso.

BASSÂNIO — Não confio em frases doces ditas por um biltre.

ANTÔNIO — Não seja o prazo causa de aflição. Um mês antes meus barcos voltarão.

(*Saem*).

ATO II

Cena I

Belmonte. Um quarto em casa de Pórcia. Toque de cornetas.

(*Entram o Príncipe do Marrocos, com séqüito, Pórcia, Nerissa e outras pessoas*).

MARROCOS — Não vos desagradeis de mim por causa de minha compleição, libré sombria do ardente sol, do qual sou vizinho e que me fez crescer. Apresentai-me a mais bela criatura das que vieram à luz no norte, onde o calor de Febo mal o gelo desmancha, para que logo incisões em nós mesmos pratiquemos por vosso amor, a fim de que se veja qual sangue é mais vermelho: o meu ou o dele. Afirmo-vos, senhora, este conspecto já infundiu medo em bravos, e vos juro por meu amor, que as virgens mais famosas de nosso clima amor lhe consagraram. De cor não trocarei, gentil rainha, senão somente para conquistar-vos.

PÓRCIA — As exigências de um olhar de jovem em nada influem nesta minha escolha. Ademais, a loteria do destino que me tocou me priva do direito da livre escolha. Mas, se não me houvesse meu pai me restringido e limitado por seu próprio alvedrio, postulando que esposa eu fosse de quem me ganhasse pela maneira dita, ficaríeis frente à minha afeição, famoso príncipe, tão favoravelmente colocado como todos os outros pretendentes.

MARROCOS — Por isso só, vos fico agradecido. Mas, por obséquio, aos cofres conduzi-me, para que eu experimente a minha dita. Por esta cimitarra — que da vida privou ao monarca e a um príncipe da Pérsia, que em batalha vencera por três vezes ao Sultão Solimão — fixar quisera o olhar mais fero que na terra exista, vencer o coração mais arrojado, tirar dos peitos da ursa o próprio filho, mais: rir do leão, quando de fome ruge, para ganhar-te, ó bela! Mas, oh lástima! Quando Hércules e Licas jogam dados para saber qual deles é o mais forte, pode se dar que o melhor lanço caia do lado do mais fraco. Desse modo Alcides é vencido pelo pajem. Assim também se pode dar comigo, se o cego acaso me servir de guia, sendo possível que a perder eu venha e que alcance pessoa menos digna, e eu de tristeza morra.

PÓRCIA — É indispensável tentar a sorte: ou não fazer a escolha, ou jurar, antes disso, que no caso de não serdes feliz, jamais haveis de falar em casamento a outra pessoa. Portanto, refleti.

MARROCOS — Não é preciso; levai-me logo para essa aventura.

PÓRCIA — Antes vamos ao templo; após a ceia, a sorte tentareis.

MARROCOS — Dentro de pouco, ou os homens bendirão meu rico fado, ou serei tido como amaldiçoado.

(*Saem*).

Cena II

Veneza. Uma rua.

(*Entra Lanceloto Gobbo*).

LANCELOTO — Certamente a minha consciência me permitirá fugir do judeu, meu amo. O espírito maligno me puxa pelo cotovelo e me tenta, dizendo-me: "Gobbo, Lanceloto Gobbo, bom Lanceloto", ou "bom Gobbo", ou "bom Lanceloto Gobbo, fazei uso das pernas, dai o primeiro passo e fugi". A consciência diz: "Não! Toma cuidado, honesto Lanceloto; toma cuidado, honesto Gobbo!" ou, como já disse: "Honesto Lanceloto Gobbo, não fujas; despreza semelhante idéia". Bem; mas o muito corajoso espírito maligno me manda arrumar a trouxa. "Vai!", diz o capeta; "adiante!", diz o capeta; "em nome do céu, cria coragem", diz o capeta, "e foge". Bem; mas a consciência, apegando-se-me ao pescoço do coração, diz-me com muita sabedoria: "Honesto amigo Lanceloto, como filho de um homem honesto — ou melhor: filho de uma mulher honesta — porque, para dizer a verdade, meu pai tinha um certo cheiro de... uma tendência para... uma espécie de gosto... Muito bem; e a consciência me diz: "Lanceloto, não te mexas". "Mexe-te!", diz o capeta. "Não te mexas!", diz a consciência. "Consciência", digo eu, "aconselhas-me bem"; "espírito maligno", digo eu, aconselhas-me bem. Se me deixasse guiar pela consciência, eu ficaria com o judeu, meu amo, que — Deus que me perdoe! — é uma espécie de demônio; mas se deixasse o judeu, seria guiado pelo espírito maligno, que, com licença de Vossa Reverência, é o próprio diabo. Não há dúvida, o judeu é a própria encarnação do diabo, e, em consciência, minha consciência não passa de uma consciência dura, para aconselhar-me a deixar o judeu. É muito mais camarada o conselho do capeta: Vou fugir, capeta; minhas pernas estão às tuas ordens. Sim, vou fugir.

(*Entra o velho Gobbo, com um cesto*).

GOBBO — Vós aí, mestre moço, por obséquio: qual é o caminho para a casa do mestre judeu?

LANCELOTO — (*à parte*) Oh céus! É o meu pai carnal de verdade, que sendo mais do que míope, quase cego de gravela, não me reconheceu. Vou fazer uma brincadeira com ele.

GOBBO — Mestre jovem gentil-homem, por obséquio: qual é o caminho para a casa do mestre judeu?

LANCELOTO — Na primeira esquina dobrai à direita, mas na esquina próxima de todas, à esquerda, isto é: na mais próxima não precisareis dobrar nem para a direita nem para a esquerda, mas dobrar diretamente para baixo até a casa do judeu.

GOBBO — Santo Deus! Que caminho difícil de se achar! Podeis dizer-me se um Lanceloto que mora com ele, mora com ele ou não?

LANCELOTO — Falais do jovem mestre Lanceloto? — (*à parte*): Prestai agora atenção, que eu vou fazer subir as águas. Falais do jovem mestre Lanceloto?

GOBBO — Não é mestre, senhor; mas o filho de um pobre homem. Seu pai, muito embora eu o diga, é um pobre homem excessivamente honesto e, graças a Deus, em estado de viver.

LANCELOTO — O pai dele pode ser o que quiser; estamos falando do jovem mestre Lanceloto.

GOBBO — Amigo de Vossa Senhoria é Lanceloto, senhor.

LANCELOTO — Mas, por obséquio, velho, ergo; dizei-me por obséquio, ergo, estais vos referindo ao jovem mestre Lanceloto?

GOBBO — Sim, a Lanceloto, se for do agrado de Vossa Graça.

LANCELOTO — Ergo, mestre Lanceloto. Não faleis de mestre. Lanceloto, pai, porque o jovem gentil-homem — em obediência aos Fados e Destinos e outras expressões bizarras, às três Irmãs e outros ramos da erudição — encontra-se, realmente, morto; ou, como diríeis em termos simples, já partiu para o céu.

GOBBO — Oh! Não o permita Deus! O rapaz era o verdadeiro bastão de minha velhice, meu legítimo sustentáculo.

LANCELOTO — (*à parte*) Estarei com a aparência de alguma estaca, ou de mouro, de algum bastão ou de escora? Não me conheceis, pai?

GOBBO — Ai de mim! Não vos conheço, jovem gentil-homem. Mas, por obséquio, dizei-me: meu filho — Deus lhe conserve a alma — está vivo ou morto?

LANCELOTO — Não me conheceis, pai?

GOBBO — Ai, senhor; sou muito míope; não vos conheço.

LANCELOTO — Realmente, ainda que tivésseis vista, não poderíeis conhecer-me. Sábio é o pai que conhece seu próprio filho. Pois meu velho, vou dar-vos notícias de vosso filho. Dai-me vossa bênção; é preciso que a verdade apareça; um crime não pode ficar por muito tempo encoberto; o filho de um homem o pode; mas, no fim, a verdade terá de aparecer.

GOBBO — Por obséquio, senhor, ficai de pé. Tenho certeza de que não sois meu filho Lanceloto.

LANCELOTO — Por obséquio, acabemos de vez com essas tolices, e dai-me vossa bênção. Sou Lanceloto, que foi vosso pequeno e vosso filho e que será vosso descendente.

GOBBO — Não posso crer que sejais meu filho.

LANCELOTO — Não sei o que deva pensar do caso; mas, em verdade, eu sou Lanceloto, criado do judeu, e tenho certeza de que vossa mulher Margarida foi minha mãe.

GOBBO — Realmente, ela se chamava Margarida. Assim, posso jurar que, se fores Lanceloto, és de minha própria carne e de meu sangue. Deus seja louvado! Tens mais pêlos no queixo do que na cauda tem o Dobbin, meu cavalo de carro.

LANCELOTO — O que vem provar que a cauda de Dobbin cresce para trás. Tenho certeza de que, na última vez que o vi, ele tinha mais pêlo na cauda do que eu no queixo.

GOBBO — Senhor! Como ficaste diferente! Como te estás dando com teu amo? Trouxe-lhe um presente. Como vos dais presentemente?

LANCELOTO — Bem, bem; mas, por minha parte, como decidi ir embora, não hei de parar enquanto não houver corrido um bom pedaço. Meu amo é judeu legítimo. Dar-lhe um presente? Dai-lhe uma corda. Morro de fome em seu serviço. Com as minhas costelas podeis contar os dedos que tenho. Pai, alegro-me com vossa vinda. Dai-me vosso presente para um Senhor Bassânio, que fornece, de fato, librés novas e raras. Se eu não conseguir entrar para o seu serviço, hei de correr até onde o permitir o chão de Deus. Ó rara Fortuna! Eis o nosso homem que vem chegando! A ele, pai! Quero ser judeu, se servir o judeu por mais algum tempo.

(*Entra Bassânio, com Leonardo e outros criados*).

BASSÂNIO — Podeis fazer assim mesmo, mas com a rapidez suficiente para que o jantar esteja pronto no máximo às cinco horas. Mandai entregar estas cartas; encomendai as librés e pedi a Graciano que venha logo a meus aposentos.

(*Sai um criado*).

LANCELOTO — A ele, pai!

GOBBO — Deus abençoe Vossa Senhoria.

BASSÂNIO — Gramercy. Quereis de mim alguma coisa?

GOBBO — Este menino aqui, senhor, é meu filho; um pobre menino...

LANCELOTO — Não pobre menino, mas o criado do judeu rico, que deseja, senhor, conforme meu pai vos irá explicar...

GOBBO — Ele tem, como se diz, uma grande declinação para servir...

LANCELOTO — Com efeito, o comprido e o curto da questão é que eu sirvo o judeu, e desejo, conforme meu pai vos irá explicar...

GOBBO — Seu amo e ele — salvo o respeito que devo a Vossa Senhoria — vivem como gato e cachorro...

LANCELOTO — Numa palavra, a pura verdade é que em virtude de maus tratos o judeu me obrigou, conforme meu pai, que é — louvado seja Deus — um homem velho, vos justificará...

GOBBO — Aqui trago uma torta de pombas, que eu desejaria oferecer a Vossa Senhoria, e o meu pedido é que...

LANCELOTO — Para dizer tudo, o pedido é impertinente a mim mesmo, como Vossa Senhoria vai ficar sabendo por este velho honesto, o qual, embora seja eu que o diga, apesar de velho, contudo, é um pobre homem e meu pai.

BASSÂNIO — Fale um apenas, em nome dos dois. Que desejais?

LANCELOTO — Servir-vos, senhor.

GOBBO — Justamente, senhor; é esse o defeito da questão.

BASSÂNIO — Conheço-te; obtiveste o que desejavas, pois hoje mesmo falei com Shylock a respeito de tua promoção, se assim poderemos chamar ao fato de deixares o serviço de um judeu rico para te tornares criado de um gentil-homem modesto.

LANCELOTO — O velho provérbio está muito bem dividido entre meu amo Shylock e vós, senhor: vós tendes a graça de Deus, e ele tem de sobra.

BASSÂNIO — Muito bem dito. Pai, vai com teu filho. Despede-te primeiro de teu amo, e pergunta onde eu moro. (*Aos criados*) Mandai dar-lhe a libré mais luzida; cuidai disso.

LANCELOTO — Vamos, pai. Eu nunca poderei obter serviço... Não... Nunca tive língua na boca... Bem. (*Contemplando a palma da mão*) Se há homem na Itália com uma palma mais bonita para fazer um juramento sobre um livro — hei de ter uma boa sorte. Está bem claro: aqui está uma boa linha da vida, e aqui uma outra pequenina de mulheres. Ah! Quinze mulheres não são nada. Onze viúvas e nove donzelas constituem uma despesa de nada para um homem. Depois, escapar três vezes de perecer afogado e correr o perigo de morrer na quina de um leito de penas... Isto é que se chama escapar com sorte! Bem; se a Fortuna é mulher, é uma boa rapariga com tantas intenções. Vamos, pai; vou despedir-me do judeu num abrir e fechar de olhos.

(*Saem Lanceloto e o velho Gobbo*).

BASSÂNIO — Bom Leonardo, faze isso, por obséquio. Tudo, uma vez comprado e posto em ordem, volta depressa, pois a ceia de hoje é para os meus amigos mais chegados. Não te atrases.

LEONARDO — Confiai nos meus bons préstimos.

(*Entra Graciano*).

GRACIANO — Que é de vosso amo?

LEONARDO — Ali, senhor; passeia.

(*Sai*).

GRACIANO — Senhor Bassânio!

BASSÂNIO — Graciano!

GRACIANO — Tenho uma graça a pedir-vos.

BASSÂNIO — Já está obtida.

GRACIANO — Não podeis recusar-me: preciso ir convosco a Belmonte.

BASSÂNIO — Pois não, já que é preciso. Mas atende-me, Graciano. És por demais selvagem, rude, de voz imperativa, qualidades que muito bem te assentam, sem ferir-nos os olhos da amizade. Mas a quantos não te conhecem, a impressão dão sempre de certa grosseria. Por obséquio, acalma com algumas gotas frias de modéstia esse espírito irrequieto, para que eu não seja mal interpretado lá, em virtude de teu selvagismo, e a perder venha, assim, as esperanças.

GRACIANO — Senhor Bassânio, ouvi-me. Se conspecto sereno eu não mostrar, com fala sisuda; se não jurar só muito raramente; se não trouxer no bolso, a todo o instante, um livro de orações, e com modéstia não mover a cabeça... Mais: se na hora da bênção não tapar assim os olhos com o chapéu, a soltar fundos suspiros e a murmurar "Amém"... se as regras todas a ponto eu não cumprir da cortesia, como alguém que estudasse o modo austero para da avó tornar-se o preferido: jamais confieis em mim.

BASSÂNIO — Bem; esperemos, para ver confirmada essa promessa.

GRACIANO — Sim; mas faço exceção para esta noite. Não heis de me julgar por quanto eu possa praticar esta noite.

BASSÂNIO — Não; seria de lastimar. Pelo contrário, peço-vos que apareça com as cores preferidas da alegria, pois vamos ter amigos que se propõem a divertir à farta. Mas, até lá, adeus; tenho negócios.

GRACIANO — E eu vou encontrar-me com Lourenço e os outros; mas contai com nós todos para a ceia.

(*Saem*).

Cena III
O mesmo. Um quarto em casa de Shylock.

(*Entram Jéssica e Lanceloto*).

JÉSSICA — Entristece-me muito ver que deixas meu pai dessa maneira. Nossa casa é um inferno, e tu, nela, um diabo alegre, a privavas de parte de seu tédio. Mas passa bem; recebe este ducado. E Lanceloto, hás de ver hoje à ceia um convidado de teu novo amo: Lourenço. Entrega-lhe esta carta, pondo toda cautela nisso. Passa bem. Não desejaria que meu pai me visse a conversar contigo.

LANCELOTO — Adeus; as lágrimas me substituem a língua. A mais bela das pagãs, a mais adorável judia! Se algum cristão não fizer alguma tratantagem para te pegar, estou redondamente enganado. Adeus; estas gotas idiotas me amolecem de alguma forma o espírito varonil. Adeus.

JÉSSICA — Adeus, bom Lanceloto.

(*Sai Lanceloto*).

JÉSSICA — Oh, que odioso pecado é envergonhar-me de ter o pai que tenho! Mas embora do sangue dele eu venha, não sou filha daquele coração. Ó meu Lourenço, se a promessa cumprires, hei de em breve livrar-me desta situação enleada; cristã me torno e tua esposa amada.

(*Sai*).

Cena IV
O mesmo. Uma rua.

(*Entram Graciano, Lourenço, Salarino e Salânio*).

LOURENÇO — Assim. Durante a ceia escaparemos, pomos em casa algum disfarce, e dentro de uma hora estaremos lá de novo.

GRACIANO — Não fizemos nenhum preparativo.

SALARINO — Nem assentamos nada sobre os homens que hão de levar as tochas.

SALÂNIO — Fica muito sem graça a brincadeira, quando feita sem um preparo prévio. É preferível, segundo penso, abandonar a idéia.

LOURENÇO — São só quatro horas; para prepararmo-nos ainda temos duas horas.

(*Entra Lanceloto, com uma carta*).

LOURENÇO — Caro amigo Lanceloto, que novas nos trouxeste?

LANCELOTO — Se for do vosso agrado abrir isto, ficareis sabendo o que há de novo.

LOURENÇO — Conheço a letra, sim; é bem bonita! Porém mais alva ainda do que a folha de papel em que a carta foi escrita é a bela mão que a fez.

GRACIANO — Posso jurá-lo, é mensagem de amor.

LANCELOTO — Com vossa permissão, senhor.

LOURENÇO — Para onde vais?

LANCELOTO — Ora, senhor, convidar o meu antigo amo, judeu, para cear esta noite com meu novo amo, cristão.

LOURENÇO — Toma, isto é teu. Dize à gentil Jéssica que não hei de faltar; fala-lhe à parte.

(*Sai Lanceloto*).

LOURENÇO — Cavalheiros, não ides aprontar-vos para a nossa mascarada da noite? Já encontrei meu portador de tocha.

SALARINO — Oh! Certamente! Irei neste momento.

SALÂNIO — O mesmo eu digo.

LOURENÇO — Encontrar-me-eis e a Graciano em casa de Graciano numa hora.

SALARINO — Bem pensado; façamos assim mesmo.

(*Saem Salarino e Salânio*).

GRACIANO — Da formosa Jéssica não seria aquela carta?

LOURENÇO — Preciso revelar-te o que se passa. Ela me indica o modo de tirá-la da casa do judeu, e que tem pronta para a saída uma libré de pajem. Se o pai dela, o judeu, em qualquer tempo chegar a ir para o céu, será por causa dessa adorável filha, cuja vida não poderá ser perturbada nunca por nenhuma desgraça, salvo, apenas, sob a desculpa de ser ela filha de um judeu infiel. Enquanto andamos, vai lendo isto. Será meu porta-tocha a formosa Jéssica em nossa festa.

(*Saem*).

Cena V
O mesmo. Diante da casa de Shylock.

(*Entram Shylock e Lanceloto*).

SHYLOCK — Bem; o melhor juiz vão ser teus olhos, que hão de mostrar-te qual a diferença entre o velho Shylock e esse Bassânio. Lá tu não poderás empanturrar-te, como fazes aqui, — Olá Jéssica! —, nem dormir e roncar — Olá, Jéssica! —, nem rasgar tanta roupa — Olá, Jéssica!

LANCELOTO — Jéssica, olá!

SHYLOCK — Quem te mandou chamá-la? Não disse que o fizesses.

LANCELOTO — Vossa Senhoria me observou muitas vezes que nada eu deveria fazer sem ordem.

(*Entra Jéssica*).

JÉSSICA — Chamastes-me? Que desejais?

SHYLOCK — Jéssica, hoje tive um convite para ceia. Toma conta das chaves. Nem sei mesmo por que deva aceitá-lo. Esse convite não é sincero, é adulação, apenas. Jéssica, minha filha, fecha a casa. Saio pouco tranqüilo; qualquer coisa ruim fermenta contra o meu sossego, pois sonhei toda a noite com dinheiro.

LANCELOTO — Suplico-vos que vades, senhor; meu jovem amo espera vossa partida.

SHYLOCK — Como eu a dele.

LANCELOTO — Além disso, eles fizeram uma conspiração... Mas se tal acontecer, não foi à toa que o nariz me começou a sangrar na última segunda-feira de Páscoa às seis horas da manhã, no dia em que quatro anos antes caiu numa tarde de quarta-feira de cinzas.

SHYLOCK — Como! Vai haver máscaras? Ouviste, Jéssica? Fecha as portas. Quando ouvires barulho de tambor e os irritantes guinchos das flautas de pescoço torto, não te ponhas a olhar pela janela, nem para a rua pública te inclines, para ver os cristãos sarapintados, mas os ouvidos tapa bem da casa, digo, as janelas, para que o barulho dessas futilidades não penetre em minha casa honrada. Juro pelo cajado de Jacó que não me sinto disposto hoje a cear fora de casa. Mas, assim mesmo, irei. Maroto, corre; dize-lhes que já chego.

LANCELOTO — Já vou, senhor. Senhorita, apesar das recomendações, olhai pela janela, porque vai um cristão passar de dia, digno do olhar de uma judia.

(*Sai Lanceloto*).

SHYLOCK — Hem? Que foi que falou esse estouvado da geração de Agar?

JÉSSICA — Disse somente: "Passai bem, senhorita", nada mais.

SHYLOCK — Esse palhaço não é má pessoa, mas come por demais; é caramujo para lucros e dorme o dia todo, como um gato selvagem. Não, comigo não prosperam zangões. Por isso deixo que se vá, e que vá para o serviço de um amo a quem desejo que ele possa vir a ajudar a esvaziar a bolsa de dinheiro emprestado. Bem, Jéssica, vai logo para dentro. É bem possível que eu volte cedo. Faze o que te disse: fecha a porta ao passares. "Bem trancada, bem guardada", é sentença por quem sabe ganhar sempre acatada.

(*Sai*).

JÉSSICA — Se tudo me correr à maravilha, pai já não tenho e tu tiveste filha.

(*Sai*).

Cena VI

O mesmo.

(*Entram Graciano e Salarino, de máscaras*).

GRACIANO — Esta é a sacada sob a qual Lourenço disse que nos postássemos.

SALARINO — Já é tarde.

GRACIANO — Seria de admirar qualquer atraso por parte dele, pois os namorados chegam sempre antes da hora.

SALARINO — Oh! Voam as pombas de Vênus dez vezes mais depressa para apertar os laços de um novo amor do que para guardar intacto um juramento de afeto.

GRACIANO — Em tudo é o mesmo. Quem sai de um banquete com o apetite que, ao sentar-se, tinha? Qual é o cavalo que a tediosa pista de volta mede com o ardor tão vivo que ao partir revelava? Sempre pomos mais entusiasmo no alcançar as coisas, do que mesmo em gozá-las. Tal qual jovem estúrdio e perdulário se assemelha o barco embandeirado, quando zarpa de seu porto natal, acariciado pela brisa impudente. E como volta tal qual o perdulário, as velas rotas, gastos os flancos pelas intempéries, falto de tudo, exausto, arruinado pela brisa impudente!

SALARINO — Aí vem Lourenço; reataremos depois nossa conversa.

(*Entra Lourenço*).

LOURENÇO — Caros amigos, desculpai o atraso; mas não fui eu a causa de esperardes-me, senão tão-só negócios. Quando ao rapto de mulheres também vos decidirdes, esperarei por vós do mesmo modo. Aproximai-vos mais; aqui demora meu pai judeu. Olá! Há gente dentro!

(*Jéssica aparece na janela, vestida de pajem*).

JÉSSICA — Quem sois? Falai-me, para meu governo, embora eu jure que conheço a voz.

LOURENÇO — Lourenço é teu amor.

JÉSSICA — Lourenço, certo; é meu amor, de fato. Pois, a quem amo tanto? E quem certeza, senão vós, pode ter de que sou vossa?

LOURENÇO — Teu coração e o céu isso confirmam.

JÉSSICA — Tomai esta caixinha; vale a pena. Por sorte a noite é escura e não me vedes, pois tenho acanhamento de meus trajos. Contudo, o amor é cego, e os namorados nunca vêem as tolices impagáveis que eles próprios praticam, que, se o vissem, até mesmo o Amor ficaria enrubescido, por me ver transformado agora em pajem.

LOURENÇO — Descei, porque ides ser meu porta-tochas.

JÉSSICA — Como? É preciso, então, que eu ilumine minha própria vergonha? Ela já se acha por demais devassada. Isso, querido, é trabalhar às claras, e eu preciso resguardar-me na sombra.

LOURENÇO — Já te encontras na sombra, meu amor, com essa bela fantasia de pajem. Mas, vem logo; não demores; a noite escura já se esgueira prestes, e em casa de Bassânio nos aguardam.

JÉSSICA — Vou fechar bem as portas e dourar-me com mais alguns ducados. Desço logo.

(*Retira-se da janela*).

GRACIANO — Mas, pelos céus! Não é judia; é deusa.

LOURENÇO — Podeis amaldiçoar-me, mas dedico-lhe, realmente, grande amor. Pelo que posso ajuizar, vejo que ela é muito sábia. Formosa ela é, se olhos fiéis possuo; fiel ela é, como o confirma agora. Sendo assim, pois, fiel, sábia e formosa, na alma constante hei de trazê-la sempre.

(*Entra Jéssica*).

Já chegaste? Senhores, para a frente, que já está à nossa espera muita gente.

(*Sai com Jéssica e Salarino. Entra Antônio*).

ANTÔNIO — Quem está aí?

GRACIANO — Senhor Antônio!

ANTÔNIO — Ora, Graciano! Os outros onde estão? Já são nove horas; todos os amigos estão à vossa espera. Não teremos mascarada esta noite. O vento sopra; Bassânio foi, à pressa, para bordo. Mandei vinte pessoas procurar-vos.

GRACIANO — Nada me causará mais alegria do que viajar antes que seja dia.

(*Saem*).

Cena VII

Belmonte. Um quarto em casa de Pórcia. Toque de cornetas.

(*Entra Pórcia com o Príncipe do Marrocos e seu séqüito*).

PÓRCIA — Descerrai as cortinas, para que este príncipe nobre possa ver os cofres. Fazei agora a escolha.

MARROCOS — De ouro, o primeiro, esta inscrição nos mostra: "Quem me escolher, ganha o que muitos querem". O outro, de prata, esta promessa mostra: "Quem me escolher, ganha o que bem merece". O último, pesadão, de chumbo, adverte: "Quem me escolher, arrisca e dá o que tem". De que modo saber que escolhi certo?

PÓRCIA — Num deles se acha o meu retrato, príncipe. Se esse escolherdes, logo serei vossa.

MARROCOS — Guie-me um deus na escolha! Examinemos de novo as inscrições, tomando da última. Que diz o plúmbeo cofre? — "Quem me escolher, arrisca e dá o que tem". Dar o que tem por chumbo? Arriscar tudo por chumbo? Ameaçadora esta sentença. Quem tudo arrisca, espera grandes lucros. Um espírito de ouro não se importa com rebotalhos vis. Não darei nada, nem nada arriscarei por este chumbo. E a prata virginal, que nos declara? "Quem me escolher, ganha o que bem merece". O que merece... Pára aí, Marrocos, e com mão firme o teu valor sopesa. Se fores avaliado desse modo, por ti próprio, mereces muito, muito. Mas esses muitos, ainda assim, não chegam porventura, a alcançar esta senhora. Mas se puser em dúvida o meu mérito, mau conceito revelo de mim próprio. Tudo quanto mereço? Ora, esta dama. Mereço-a pelo berço, pela sorte, por minha educação e qualidades; mas pelo amor mereço-a mais ainda. E se eu me detivesse neste ponto, e escolhesse este cofre? Mas vejamos o que diz a inscrição gravada no ouro. "Quem me escolher, ganha o que muitos querem". É a donzela, pois não? Muitos a querem. Dos quatro cantos chegam peregrinos, para depor um beijo nesta imagem, nesta santa mortal que aqui respira. As vastas solidões da grande Arábia e os desertos da Hircânia transformaram-se em estradas, agora, para príncipes que acorrem para ver a bela Pórcia. O domínio das águas, que a cabeça vaidosa eleva, para que na face do céu possa cuspir, não é barreira que deter possa tanta gente estranha, senão simples regato, para todos que acorrem para ver a bela Pórcia. Seu celeste retrato está num destes. O chumbo o encerrará? Tão baixa idéia fora profanação; injúria fora comprimir numa escura sepultura sua frágil mortalha. Ou pensar devo que emparedada ela se encontra em prata, que vale vinte vezes menos que o ouro? Pecaminosa idéia! Uma tal jóia, no mínimo, seria feita em ouro. Na Inglaterra há uma moeda em que insculpido em ouro se vê um anjo. Mas a efígie fica por fora, ao passo que aqui dentro em leito de ouro está deitado um anjo. Depressa, a chave! O ímã este é mais forte. Seja-me favorável nisto a sorte.

PÓRCIA — Ei-la, príncipe. Caso meu retrato se encontre aí dentro, serei vossa esposa.

(*O Príncipe abre o cofre de ouro*).

MARROCOS — Oh inferno! Que está aqui? Uma caveira que na órbita vazia um papel mostra com qualquer coisa escrito. Vamos lê-lo: "Nem tudo o que luz é ouro, proclamam sábios em coro. Muita gente acaba em choro, por só procurar tesouro. Mausoléus são comedouro de vermes em fervedouro. Se houvesse sabedoria nessa vossa cortesia, a consulta não faria turvar-vos a fantasia. Passai bem; vossa ousadia foi castigada; está fria". É certo; agora não rio; adeus, calor; venha o frio. Adeus, Pórcia; a derrota me degrada. Assim parte quem perde: não diz nada.

(*Sai com seu séqüito. Toque de cornetas*).

PÓRCIA — Livrei-me de um. Correi logo a cortina. Aos dessa cor desejo igual mofina.

(*Saem*).

Cena VIII

Veneza. Uma rua.

(*Entram Salarino e Salânio*).

SALARINO — Ora, amigo! Bassânio fez-se à vela; Graciano foi com ele, e estou bem certo de que Lourenço estava no navio.

SALÂNIO — O biltre do judeu gritava tanto que despertou o duque, indo eles ambos à procura do barco de Bassânio.

SALARINO — Chegou tarde; o navio já partira. Mas teve o duque informação segura de que Lourenço e sua bem--amada, a formosa Jéssica, tinham sido vistos em uma gôndola. Além disso, Antônio asseverou ao duque que ambos não estavam no barco com Bassânio.

SALÂNIO — Jamais ouvi falar de tão confusa paixão, tão singular, selvagem, vária, como a que revelava pelas ruas aquele cão judeu. "Oh, minha filha! Meus ducados! Fugir com um cristão! Meus ducados cristãos! Lei e justiça! Minha filha! Meu saco de ducados! Não, dois sacos selados de ducados! Ducados duplos, que roubados foram por minha filha... E jóias! Duas pedras ricas, preciosas, que roubadas foram por minha própria filha. Lei e Justiça! Ide atrás dela! Tem consigo as pedras, meus ducados e as pedras!".

SALARINO — Isso mesmo; atrás dele corria a garotada de Veneza, a gritar por suas pedras, os ducados e a filha.

SALÂNIO — Cuide Antônio de não perder o prazo; do contrário, virá a pagar por isto.

SALARINO — Bem lembrado. Ontem mesmo dizia-me um francês, com quem eu conversava, que no estreito situado entre a Inglaterra e a França havia naufragado um navio destas bandas, com carga muito rica. Ao ouvir isso, pensei logo em Antônio, e a sós comigo fiz votos para que não fosse dele.

SALÂNIO — Faríeis bem em avisar Antônio; mas dai-lhe devagar essa notícia, de medo de abalá-lo.

SALARINO — Em toda a terra não se acha cavalheiro mais bondoso. Presente eu me encontrava ao despedirem-se ele e Bassânio. Havendo este lhe dito que apressaria a volta, respondeu-lhe: "Não, Bassânio; assim não. Por minha causa não deveis estragar vossos negócios. Deixai que em tempo certo amadureçam. Que a letra do judeu, por mim firmada, não vos perturbe o espírito amoroso. Ficai despreocupado, e o pensamento todo aplicai em cortejar e nessas demonstrações de amor tão inefáveis, para que possais sair galhardo disso". Nesse instante, nadando-lhe de lágrimas os olhos, apertou do amigo o rosto, e a mão levando às costas, comovido de não poder falar, a de Bassânio de fugida apertou. Foi desse modo que eles se despediram.

SALÂNIO — Só por causa de Bassânio, ele tem amor ao mundo. Mas vamos procurá-lo, por obséquio, para que lhe dissipemos a tristeza com qualquer brincadeira.

SALARINO — Assim façamos.

(*Saem*).

Cena IX
Belmonte. Um quarto em casa de Pórcia.

(*Entra Nerissa, com um criado*).

NERISSA — Corre a cortina logo; bem depressa. Já prestou o juramento o nobre Príncipe de Aragão, que aí vem fazer a escolha.

(*Toque de cornetas. Entram o Príncipe de Aragão, Pórcia e os respectivos séqüitos*).

PÓRCIA — Nobre príncipe, os cofres aqui se acham. Se o que me contiver for o escolhido, no mesmo instante nosso casamento será solenizado. Mas se acaso vierdes a errar, senhor, é necessário partirdes logo, sem dizer palavra.

ARAGÃO — A observar me obriguei, por juramento, tais condições. Primeira: em nenhum tempo revelar a ninguém qual foi o cofre por que me decidi. Depois, no caso de errar na escolha, nunca, em toda a vida, pedir em casamento dama alguma. Por último: se favorável não me for a sorte, deixar-vos logo e me afastar depressa.

PÓRCIA — As condições são essas, para quantos queiram ganhar minha pessoa indigna.

ARAGÃO — Assim me preparei para o certame. Possa a Fortuna coroar-me o anelo. Ouro, prata e o vil chumbo. Que diz este? "Quem me escolher, arrisca e dá o que tem". Sem que mais belo fiques, nada arrisco nem dou por tua causa. E o cofre de ouro? "Quem me escolher, ganha o que muitos querem". Hum! O que muitos querem... Esse "muitos" pode significar a turba ignara que escolhe apenas pelas aparências e só conhece o que o olho estulto ensina, que ao âmago não desce, mas tal como a andorinha constrói o ninho ao tempo, sobre o muro de fora, justamente no meio do perigo e ao seu alcance. O que muitos desejam não me agrada, pois não quero igualar-me a todo o mundo, nem confundido ser com o povo bárbaro. Agora é a tua vez, cava argentina, de me dizeres o que dentro encerras. "Quem me escolher, ganha o que bem merece". Muito bem dito. Quem se aventuraria em busca de fortuna e de honrarias, se não fosse marcado pelo mérito? Ninguém tenha a ousadia de arrogar-se honras imerecidas. Se os estados, ofícios, posições não fossem dados por maneira corrupta, e as honrarias só fossem conquistadas pelo mérito, quantas pessoas que andam descobertas, a cabeça cobririam! Quanta gente que hoje é mandada, assumiria o mando! Quantos campônios baixos brilhariam na sementeira da honra, e quantas honras se veriam arrancadas das palhas e da ruína do tempo, para brilho de novo receber? É a minha escolha? "Quem me escolher, ganha o que bem merece". Vou ganhar o que é meu. Trazei-me a chave, que minha sorte descerre o desejo.

(*Abre o cofre de prata*).

PÓRCIA — A demora foi longa para o achado.

ARAGÃO — Mas, que vejo? A figura de um idiota que me pisca e um papel quer entregar-me. Vou ver o que contém. A que distância tu te encontras de Pórcia! A que distância de meu mérito e minhas esperanças! "Quem me escolher, ganha o que bem merece". Só mereço a cabeça de um idiota? Esse é todo o meu prêmio? Não alcança mais longe, então, o meu merecimento?

PÓRCIA — Errar e dar sentença são ofícios bem distintos, de opostas naturezas.

ARAGÃO — Que contém isto? Fui sete vezes fundido. Sete vezes aferido deve ser quem o apelido não quiser de intrometido. Quem beija sombra de dia, terá sombra de alegria. Bobos há, cuja alarvia com a prata se concilia. A noiva tão procurada só por mim vos será dada. Saí, senhor de fachada, que aqui não vos retém nada. Devo tratar de ir embora, que mais bobo, de hora em hora, vou ficando desde agora. De bobo tinha a cabeça; com duas, não aconteça que a tolice ainda mais cresça. Adeus, querida; hei de a jura confirmar na desventura.

(*Sai Aragão com seu séqüito*).

PÓRCIA — Queimou a vela a borboleta obscura. Felizmente estes bobos têm a dita de só escolher a sorte já prescrita.

NERISSA — O velho dito aqui tem cabimento: "Do céu vem a mortalha e o casamento".

PÓRCIA — Vamos, Nerissa; corre essa cortina.

(*Entra um criado*).

CRIADO — A senhora, onde está?

PÓRCIA — Aqui, senhor; que deseja meu amo?

CRIADO — Um veneziano moço acaba de apear à vossa porta, para anunciar a vinda de seu amo, de quem traz saudações muito expressivas, isto é, além de frases mui corteses e recomendações, ricos presentes. Mensageiro do amor, assim gracioso, nunca até agora eu vira. Nenhum dia de abril nos vem dizer tão docemente que o admirável verão já se aproxima, como este anunciador faz para o amo.

PÓRCIA — Basta, por obséquio. Tenho medo de que me digas que ele é teu parente, tal a porção de espírito festivo que em seu louvor esbanjas. Vem, Nerissa; já me tarda ver esse mensageiro de Cupido, que vem tão prazenteiro.

NERISSA — Que seja Bassânio, Amor, o teu archeiro!

(*Saem*).

ATO III

Cena I

Veneza. Uma rua.

(*Entram Salânio e Salarino*).

SALÂNIO — Então, que novidades há no Rialto?

SALARINO — Ora, corre por lá, sem contestação, que Antônio perdeu nos estreitos um navio com carregamento precioso. Parece que isso se deu no lugar denominado Goodwins, baixio perigoso e fatal, onde está sepultada a carcaça de muitos navios de calado. É o que se comenta, pelo menos, se a comadre Fama for, de fato, mulher de palavra.

SALÂNIO — Desejara que a respeito dessa notícia ela fosse comadre tão mentirosa como as que mastigam gengibre e as que pretendem fazer acreditar aos vizinhos que lastimam a morte do terceiro marido. Mas o certo é que — para cortar a prolixidade e não atravessar a estrada plana da conversação — o certo é que o bom Antônio, o honesto Antônio — Oh! se me ocorresse um qualificativo suficientemente bom para pôr ao lado de seu nome!...

SALARINO — Cheguemos logo ao fim.

SALÂNIO — Hem? Que foi o que disseste? Ora, o fim é que ele perdeu um navio.

SALARINO — Desejara que isso constituísse o fim das suas perdas.

SALÂNIO — Vou dizer logo "Amém", de medo que o diabo me corte a reza, pois aí vem ele sob a figura de um judeu.

(*Entra Shylock*).

SALÂNIO — Então, Shylock, que há de novo entre os mercadores?

SHYLOCK — Ninguém melhor do que vós, mais do que vós, sabe da fuga de minha filha.

SALARINO — Com efeito. Por minha parte, conheço o alfaiate que aprontou as asas com que ela fugiu.

SALÂNIO — E, por sua parte, Shylock sabia que o pássaro estava emplumado, sendo da natureza deles abandonar o ninho.

SHYLOCK — Isso que ela me fez a condena às penas eternas.

SALARINO — É certo, se a sentença for dada pelo diabo.

SHYLOCK — Minha carne, meu próprio sangue rebelar-se desse modo!

SALÂNIO — Deixa disso, velho esqueleto! Rebelar-se em tua idade?

SHYLOCK — Disse que minha filha é sangue de meu sangue e carne de minha carne.

SALARINO — Há maior diferença entre tua carne e a dela do que entre ébano e marfim; maior entre o teu sangue e o dela do que entre vinho tinto e do Reno. Mas dize-nos uma coisa: ouviste falar que Antônio sofreu alguma perda no mar?

SHYLOCK — Eis aí mais um mau companheiro de negócios, um sujeito pálido, esbanjador, que mal ousa mostrar a cabeça no Rialto; um mendigo que diariamente vinha todo casquilho para o mercado. Ele que tome cuidado com aquela letra! Tinha o costume de chamar-me de usurário. Ele que tome cuidado com aquela letra! Sempre emprestou dinheiro por cortesia cristã... Ele que tome cuidado com aquela letra!

SALARINO — Ora, tenho certeza de que se ele não a resgatar no prazo certo, não haverás de tirar-lhe a carne, pois não? Para que te serviria ela?

SHYLOCK — Para isca de peixe. Se não servir para alimentar coisa alguma, servirá para alimentar minha vingança. Ele me humilhou, impediu-me de ganhar meio milhão, riu de meus prejuízos, zombou de meus lucros, escarneceu de minha nação, atravessou-se-me nos negócios, fez que meus amigos se arrefecessem, encorajou meus inimigos. E tudo, por quê? Por eu ser judeu. Os judeus não têm olhos? Os judeus não têm mãos, órgãos, dimensões, sentidos, inclinações, paixões? Não ingerem os mesmos alimentos, não se ferem com as armas, não estão sujeitos às mesmas doenças, não se curam com os mesmos remédios, não se aquecem e refrescam com o mesmo verão e o mesmo inverno que aquecem e refrescam os cristãos? Se nos espetardes, não sangramos? Se nos fizerdes cócegas, não rimos? Se nos derdes veneno, não morremos? E se nos ofenderdes, não devemos vingar-nos? Se em tudo o mais somos iguais a vós, teremos de ser iguais também a esse respeito. Se um judeu ofende a um cristão, qual é a humildade deste? Vingança. Se um cristão ofender a um judeu, qual deve ser a paciência deste, de acordo com o exemplo do cristão? Ora, vingança. Hei de por em prática a maldade que me ensinastes, sendo de censurar se eu não fizer melhor do que a encomenda.

(*Entra um criado*).

CRIADO — Cavalheiros, meu amo Antônio está em casa e deseja falar com vós ambos.

SALARINO — Estávamos à procura dele por toda parte.

(*Entra Tubal*).

SALÂNIO — Aí vem vindo outro da mesma tribo; não será possível aparecer mais um para completar o terno, a menos que o próprio diabo se fizesse judeu.

(*Saem Salânio, Salarino e o criado*).

SHYLOCK — Então, Tubal? Há notícias de Gênova? Encontraste minha filha?

TUBAL — Estive em muitos lugares em que ouvi falar dela, mas nunca lhe pus a vista em cima.

SHYLOCK — É assim mesmo, é assim mesmo. Foi-se um diamante que me custou duzentos ducados em Francforte. Até agora a maldição não havia caído sobre a nossa nação; nunca a senti, senão agora. Dois mil ducados só nessa jóia, além de outras muito mais preciosas, muito mais. Quisera ver minha filha morta diante de mim, com os ducados nas orelhas. Quisera vê-la num caixão fúnebre diante de mim, com os ducados no caixão. Não há notícia deles? Ora, sendo... Só eu sei o que me têm custado essas investigações. Ora, tu... Prejuízo em cima de prejuízo. Foge o ladrão com tanto, e mais tanto para pegarmos o ladrão. E nada de satisfação, nada de vingança. Não há infelicidade além da que me pesa sobre os ombros; não há suspiros, além dos que me saem do peito, nem lágrimas, afora as que eu mesmo derramo.

TUBAL — Não; há outras pessoas, também, que sofrem seus reveses. Antônio, segundo me disseram em Gênova...

SHYLOCK — Que houve? Que houve? Que houve? Alguma desgraça?

TUBAL — ... perdeu um galeão que vinha de Trípoli.

SHYLOCK — Graças a Deus! Graças a Deus! É então verdade? É verdade?

TUBAL — Conversei com alguns dos marinheiros que escaparam do naufrágio.

SHYLOCK — Muito obrigado, bom Tubal. Boas notícias, boas noticias. Ah! Ah! Onde? Em Gênova?

TUBAL — Vossa filha, segundo ouvi falar, gastou numa noite em Gênova oitenta ducados.

SHYLOCK — Dás-me uma punhalada. Nunca mais voltarei a ver o meu dinheiro. Oitenta ducados de uma só vez! Oitenta ducados!

TUBAL — Vieram comigo para Veneza vários credores de Antônio que juram que ele não poderá escapar da falência.

SHYLOCK — Isso me alegra sobremodo. Vou atormentá-lo, torturá-lo... Isso me alegra sobremodo.

TUBAL — Um deles me mostrou um anel que vossa filha lhe dera em troca de um macaco.

SHYLOCK — A peste que a carregue! Torturas-me, Tubal. Era a minha turquesa; presente de Lia, quando eu ainda era solteiro. Não a trocaria por uma floresta de macacos.

TUBAL — Mas é certeza estar Antônio arruinado.

SHYLOCK — Sim, é certo; é muito certo. Tubal, vai procurar-me logo um beleguim; apraza-o com duas semanas de antecedência. Ficarei com o coração dele, no caso de não pagar, porque, uma vez afastado de Veneza, poderei fazer o negócio que bem entender. Vai, Tubal, e procura-me em nossa sinagoga. Vai, bom Tubal; em nossa sinagoga, Tubal.

(*Saem*).

Cena II
Belmonte. Um quarto em casa de Pórcia.

(*Entram Bassânio, Pórcia, Graciano, Nerissa e criados*).

PÓRCIA — Peço-vos que espere um ou dois dias, antes de arriscar tudo, pois se errardes na escolha, perderei vosso convívio. Esperai, pois, um pouco. Alguma coisa me diz — não é amor, tenho certeza — que não devo perder-vos. Nesses casos, bem o sabeis, não aconselha o ódio. Receando ser por vós mal compreendida — muito embora só fale uma donzela com o próprio pensamento — desejara que um mês ou dois ficar aqui pudésseis, antes de arriscar tudo por meu nome. Poderia ensinar-vos o segredo; mas ficaria perjura, o que não quero. Podereis, pois, perder-me; nesse caso, lastimar me fareis não ter pecado. Esses olhos malditos me dominam e em duas metades me partiram: uma já vos pertence; a outra, que é vossa... minha, quero dizer. Mas, sendo minha, vossa é também, ficando eu toda vossa. Este tempo maldoso põe barreiras entre os donos e seus direitos próprios. Assim, embora vossa, não sou vossa. Se assim for, para o inferno vá a Fortuna, não eu. Falo demais; mas é com o fito de alongar mais o tempo, de espichá-lo, de protelar a escolha.

BASSÂNIO — Permiti-me fazer logo essa prova, que esta espera me coloca num banco de tormento.

PÓRCIA — Num banco de tormento! Então, Bassânio, confessai a traição que há de mistura com vosso amor.

BASSÂNIO — Nenhuma, se tirarmos a medonha traição da desconfiança, que me faz duvidar de minha dita. Tão bem a neve e o fogo poderiam revelar amizade e viver juntos, como a traição a meu amor unir-se.

PÓRCIA — Mas temo que estejais falando agora no banco de tortura, onde as pessoas confessam tudo o que se exige delas.

BASSÂNIO — Dai-me de prêmio a vida, e vos prometo confessar a verdade.

PÓRCIA — Pois que seja: confessai e vivei.

BASSÂNIO — Não; "Confessai e amai" resumiria melhor a confissão. Feliz tortura, pois o atormentador me ensina os meios de vir a libertar-me. Mas deixai-me tentar logo a fortuna junto aos cofres.

PÓRCIA — Pois que seja! Num deles eu me encontro. Se me amais, será fácil acertardes. Nerissa, e vós aí, ficai de parte. Haja música, enquanto dura a escolha; se ele perder, terá morte de cisne, que em música se fina. E para que possa ser a comparação mais certa, ainda, serão meus olhos a corrente que ele terá para morrer, o úmido leito. Talvez venha a ganhar. Para que música, nesse caso? Será como fanfarra, quando os súditos fiéis se curvam diante do novo soberano, alguma coisa que faz lembrar aqueles sons maviosos ao despontar do dia, e que se esgueiram pelos ouvidos do enlevado noivo e às núpcias o convidam. Neste instante ele se adianta, não menos donoso, mas com amor muitíssimo mais vivo do que o mancebo Alcides, no momento de resgatar o virginal tributo que Tróia gemedora ao monstro imano do mar pagar soía. Pronta me acho na ara do sacrifício. Aqueles vultos ao longe são mulheres de Dardânia, de feições conturbadas, que saíram para ver da entrepresa o resultado. Avante, Alcides! Se viveres, vivo. Com mais angústia o peito se me aperta do que a ti próprio na contenda incerta.

(*Canção, enquanto Bassânio medita sobre o cofre a escolher*).

Dizer poderá alguém se o amor da cabeça vem? Se no peito se entretém? Respondei logo, respondei logo. Nos olhos nasce e se cria; cresce e morre a fantasia no leito em que viu o dia. Fechemos nossa canção com dím dom dão, dim dom dão.

TODOS — Dim dom dão.

BASSÂNIO — Bastantes vezes a aparência externa carece de valor. Sempre enganado tem sido o mundo pelos ornamentos. Em direito, que causa tão corrupta e estragada não fica apresentável por uma voz graciosa, que a aparência malévola disfarça? Que heresia poderá haver em religião, se alguma fronte austera a defende, e justifica com a citação de um texto, mascarando com bonito fraseado a enormidade? Não há vicio, por crasso, que não possa revelar aparência de virtude. Quantos poltrões não vemos, cujo peito resiste tanto como areia ao vento, que no queixo nos mostram barba de Hércules ou do sombrio Marte, e que por dentro fígados como leite só possuem? Os bigodes só usam da coragem, para que possam parecer temíveis. Mas se a beleza olhásseis, acharíeis que é só comprada a peso, e que milagre realiza da natura, ocasionando mais leveza onde mais presente esteja. Isso se dá com esses cabelos louros de cachos enrolados como serpes, que saltitam ao vento, libertinos, cobrindo uma beleza só de empréstimo; conhecidos são todos como dádiva de uma cabeça estranha: já no túmulo se encontra o crânio sobre que nasceram. Praia traiçoeira é o ornato, por tudo isso, de um mar mui perigoso, linda charpa que esconde o rosto de uma bela indiana; em resumo: aparência da verdade, de que se vale o tempo experto, para colher até os mais sábios. Assim sendo, brilhante ouro, de Midas duro cibo, nada quero de ti, como não quero também de ti, intermediário pálido e vulgar entre os homens. Minha escolha recai em ti, em ti, modesto chumbo, que mais ameaças do que prêmio inculcas. Tua lhaneza é a máxima eloqüência. Seja, pois, alegria a conseqüência.

PÓRCIA — Como as demais paixões dissipa o vento: o desespero, o dúbio pensamento, o pálido cuidado, o medo incerto! Modera, amor, esse êxtase! Liberto te mostres de exagero. Que a alegria não chova sobre mim em demasia. Tuas bênçãos me deixam atordoada; tem mão nelas. Receio inanimada vir a ficar, de excesso.

BASSÂNIO — Que acho aqui? O retrato de Pórcia, a inigualável? Que semideus já se encontrou tão perto da criação? Esses olhos se deslocam? Ou parece que o fazem, tão-somente porque na órbita os meus também se movem? Doce hálito perpassa entre estes lábios. Jamais barreira tão suave amigos tão gratos separou. Nestes cabelos fez-se aranha o pintor e uma áurea teia preparou, para nela se enredarem os corações dos homens mais depressa do que nas verdadeiras os mosquitos. E os olhos? Como poderia vê-los e pintá-los depois? Um, completado, parece-me, dos seus o privaria, ficando a obra incompleta. Porém vede: quanto a substância destes meus encômios, por sua insuficiência, prejudicam tão bela sombra, tanto a bela sombra segue, a mancar, atrás da própria essência. Eis o papel onde gravada se acha a súmula de toda a minha dita. Já que não foi pela vista que escolheste, eis a conquista. Vossa ventura é bem-vista; em tudo ela vos assista. Se vos alegra o festejo, aproveitai logo o ensejo para pedir, em gracejo, que a noiva vos dê um beijo. Gentil escrito. E agora, bela dama, com vossa permissão.

(*Beija-a*).

BASSÂNIO — Seguindo a Fama, vim dar e receber. Tal como forte pugilista, a quem foi risonha a sorte, e que os aplausos ouve e a gritaria do público, pensando, na alegria de vencedor, que mereceu tudo isso; mas que, logo depois, de olhar mortiço tudo a girar, a mente um tanto enleada, não sabe se são vivas ou pateadas: assim, três vezes bela senhorita, me vejo, a duvidar de minha dita, até que a possa ver, em tanta altura, confirmada com vossa assinatura.

PÓRCIA — Senhor Bassânio, assim como me vedes neste momento, eu sou. Para mim própria não seria ambiciosa em meus desejos de querer ser muito melhor em tudo.

Mas triplicar quisera vinte vezes, para vós, o que sou, ser mais formosa mil vezes, dez mil vezes mais senhora de um rico patrimônio. Para em vosso conceito ser mais alta, desejara ter conta incalculável de virtudes, belezas, bens e amigos; a soma total de quanto valho é soma negativa, que define, grosso modo, uma jovem sem preparo, talentos e experiência, que se julga feliz apenas por não ser tão velha que não possa aprender, e venturosa por não ser tão obtusa de nascença que aprender não consiga coisa alguma. Mas a suma ventura nisto tudo consiste em poder ela inteiramente vos confiar o espírito maleável, para que a dirijais, na qualidade de marido, senhor e soberano. Eu, com tudo o que tenho, desde agora passo a ser toda vossa. Até há momentos, era eu senhora desta bela casa, dona dos meus criados, soberana de mim própria; mas desde este momento a casa, a famulagem, minha própria pessoa, meu senhor, a vós pertence. Tudo vos dou com este anel. Se acaso vos separardes dele, ou se o perderdes, ou se presente a alguém dele fizerdes, indício certo isso será da morte de nosso amor e causa de queixar-me.

BASSÂNIO — Senhorita, deixastes-me privado do uso da fala; tão-somente o sangue de minhas veias é que vos responde. Em minhas faculdades há tão grande perplexidade como a que se nota na multidão feliz e balbuciante, depois da fala de um querido príncipe, quando a fusão de tudo o que é distinto se transforma num caos de coisa alguma, salvo a alegria, expressa, a um tempo, e muda. Se o anel um dia me sair do dedo é que a vida também terá saído, podendo vós dizer: morreu Bassânio.

NERISSA — Meu novo amo, senhora, eis o momento para nós todos, os espectadores de vossa dita, de gritar em júbilo: Felicidades para os nossos amos!

GRACIANO — A vós, senhor Bassânio, e à minha muito gentil senhora, todas as venturas que podeis desejar, pois estou certo de que não heis de cobiçar as minhas. E quando Vossas Honras resolverem permutar vosso amor, peço licença para também casar no mesmo dia.

BASSÂNIO — De todo coração, caso consigas encontrar uma esposa.

GRACIANO — Agradecido vos sou, senhor, porque me destes uma. Estes olhos, senhor, vêem tão depressa quanto os vossos. Vós vistes a senhora; eu contemplei a serva. Vós amastes do mesmo modo que eu; amastes logo, tal como eu, que as delongas são tão pouco do meu agrado como o são do vosso. Vosso destino estava nesses cofres, tal como o meu, e os fatos o provaram, pois fiz a corte aqui de suar frio, secando-se-me a boca só de tantos juramentos de amor, que, alfim, se as juras podem ter fim, valeram-me a promessa de conseguir o amor desta beldade, se viésseis a alcançar o da senhora.

PÓRCIA — É verdade, Nerissa?

NERISSA — Sim, senhora, no caso de vos ser também do agrado.

BASSÂNIO — E vós, Graciano, sois sincero em tudo?

GRACIANO — Sincero, sim senhor.

BASSÂNIO — Nossos festejos com vossas núpcias ficarão honrados.

GRACIANO — Convosco apostaremos mil ducados sobre o primeiro filho.

BASSÂNIO — Como? Jogo franco na mesa?

GRACIANO — Não, que em tal desporto nunca se ganha nada sobre a mesa. Mas quem vem vindo aí? Lourenço e a sua linda infiel? E o meu vetusto amigo Salânio, de Veneza?

(*Entram Lourenço, Jéssica e Salânio*).

BASSÂNIO — Sois bem-vindos, Lourenço, e vós, Salânio, caso possa saudar-vos desse modo a mocidade de minha situação. Querida Pórcia, com vossa permissão é que eu dirijo saudações a estes dois meus conterrâneos e amigos mui prezados.

PÓRCIA — Sim, podeis fazê-lo, meu senhor; bem-vindos sejam.

LOURENÇO — Agradeço a Vossa Honra. No que toca, senhor, a meus projetos, não pensava ver-vos neste momento. Mas havendo me avistado em caminho com Salânio, instou comigo para vir com ele, sem que eu pudesse dizer não.

SALÂNIO — De fato, foi o que fiz, mas, para tanto, tinha razão plausível. O Senhor Antônio se recomenda a vós.

(*Entrega a Bassânio uma carta*).

BASSÂNIO — Antes de eu ler a carta, contai logo como esse meu amigo vai passando.

SALÂNIO — Doente, não; só se o estiver do espírito: nem muito bem, se o espírito excetuarmos. A carta vos dirá como se encontra.

GRACIANO — Nerissa, dá as boas-vindas à estrangeira. A mão, Salânio. Que há de novidades em Veneza? Dizei como vai indo nosso real mercador, o bom Antônio. Sei que nossa vitória o deixa alegre. Somos Jasão que o velo conquistamos.

SALÂNIO — Desejara que houvésseis ganho o velo que ele perdeu há pouco.

PÓRCIA — Algo mui grave contém aquela carta, pois as cores a Bassânio roubou; decerto, a nova da morte de um amigo, que mais nada no mundo poderia alterar tanto a presença de um homem de constância. Que aconteceu? De mal para pior? Com permissão, Bassânio. Eu sou metade de vós próprio; é preciso, pois, que eu tenha parte em metade do que diz a carta.

BASSÂNIO — Ó doce Pórcia! As mais desagradáveis palavras estas são que em qualquer tempo já mancharam papel. Gentil senhora, ao vos falar pela primeira vez do amor que vos dicava, com franqueza vos contei que nas veias me corria toda a minha fortuna: sou fidalgo. Disse-vos a verdade. Mas havendo, prezada dama, computado em nada quanto eu valia então, vereis agora como fui jactancioso. Ao declarar-vos que meus bens eram nada, deveria ter dito que eram menos do que nada. Porque, de fato, para obter recursos, penhorei-me a um amigo mui querido e o penhorei ao seu pior inimigo. Senhora, eis uma carta desse amigo. Cada palavra dela é uma ferida de onde sai sangue vivo. Então é verdade, Salânio? Perdeu todos os haveres? Falharam-lhe as empresas? Como! Da Índia, da Inglaterra, do México, de Trípoli, Lisboa e Berberia, nenhum barco fugiu do choque horrível dos penedos, inimigos figadais dos mercadores?

SALÂNIO — Nenhum, senhor. Além do mais, parece que se Antônio tivesse o necessário para o judeu pagar, não consentira este em receber nada. Não vi nunca uma criatura sob a forma de homem que revelasse tão feroz empenho em desgraçar um homem. Noite e dia reclamam junto ao doge, protestando contra essa violação da liberdade, se lhe negarem o que a lei concede. O próprio doge, vinte mercadores, os senadores de maior prestígio tentaram persuadi-lo, sem que nada conseguisse do pleito demovê-lo tão odioso, baseado na justiça, numa letra vencida e numa multa.

JÉSSICA — Quando eu estava em casa ouvi quando ele jurou diante de Chus e de Tubal, seus compatriotas, que não abriria mão da carne de Antônio nem que fosse por vinte vezes o valor da dívida. E eu sei, senhor, que se as autoridades, a lei e a força não se interpuserem, muito mal vai ficar o pobre Antônio.

PÓRCIA — É o vosso caro amigo que se encontra num apuro tão grande?

BASSÂNIO — O mais querido dos meus amigos, o homem mais bondoso, o coração mais belo e sempre pronto para prestar serviços, a pessoa em que a honra dos romanos se revela mais pura do que em todos os que vivem nestes dias na Itália.

PÓRCIA — Que quantia deve ele a esse judeu?

BASSÂNIO — Por minha causa, três mil ducados.

PÓRCIA — Como? Apenas isso? Pagai seis mil e retirai a letra; duplicai os seis mil e o resultado quadruplicai, contanto que um amigo de tão grande valor não perca um fio de cabelo por causa de Bassânio. Primeiro vinde à igreja e o nome dai-me de vossa esposa; após, para Veneza partireis, para vosso caro amigo, pois nunca podereis deitar-vos junto de Pórcia com o espírito inquieto. Hei de vos dar dinheiro suficiente para pagar vinte pequenas dívidas como essa. Uma vez saldada a conta, trazei-me o amigo leal. Nesse entrementes, eu e Nerissa viveremos vida de viúva e virgem. Vamos para a igreja; que após as núpcias vossa viagem seja. Para que ele viva não sejais avaro; sois para mim o que custastes: caro. Mas a carta me lede desse amigo.

BASSÂNIO — "Querido Bassânio, todos os meus navios naufragaram, meus credores tornaram-se cruéis, minha situação financeira é desesperada, a letra que eu tenho com o judeu já está vencida, e uma vez que, pagando-a, não me será possível viver, ficam liquidadas todas as dívidas existentes entre mim e vós. Se ao menos eu vos visse antes de morrer! Contudo, nada de constrangimento; se o vosso amor não vos persuadir nesse sentido, minha carta não vos obrigará a vir".

PÓRCIA — Pretere tudo o mais, amor, e parte.

BASSÂNIO — Já que mo permitis, irei agora. Mas até à volta, leito algum escusa me será para demora, nem entre nós se insinuará repouso.

(*Saem*).

Cena III
Veneza. Uma rua.

(*Entram Shylock, Salarino, Antônio e o carcereiro*).

SHYLOCK — Toma-me conta dele, carcereiro. Não me fales de graça, que este é o bobo que emprestava sem juros. Carcereiro, toma-me conta dele.

ANTÔNIO — Uma palavra, meu bondoso Shylock.

SHYLOCK — O pagamento de minha letra! Nada ouvir desejo contra essa letra. Fiz um juramento de como havia de exigir a dívida. Chamaste-me de cão sem teres causa. Se eu sou cão, tem cuidado com estes dentes. O doge me fará justiça. Admira-me, carcereiro relapso, que te mostres condescendente a ponto de saíres com ele à rua.

ANTÔNIO — Por obséquio, ouvi-me.

SHYLOCK — Só quero o pagamento. Não desejo que me fales. Só quero o pagamento. Sendo assim, será inútil me falares. De mim não se fará um desses bobos moleirões, de olhar triste, que a cabeça sacode, e se mostram condoídos, suspiram, consentindo em fazer quanto lhes pedem os cristãos intermediários. Não me acompanhes, pois não quero ouvir-te; só quero o pagamento.

(*Sai*).

SALARINO — É o cão de fila mais insensível que entre os homens anda.

ANTÔNIO — Deixai-o ir; não hei de importuná-lo daqui por diante com inúteis preces. Quer ver-me morto, e eu sei a razão disso. Já livrei muita gente de ser vítima de suas extorsões. Por isso odeia-me.

SALARINO — Tenho quase a certeza de que o doge não deixará vingar esse contrato.

ANTÔNIO — Poder não tem o doge para o curso da lei deter. Se fossem denegados aos estrangeiros todos os direitos de que em Veneza desfrutam, abalada ficaria a justiça da república, pois o lucro e o comércio da cidade se baseiam só neles. Pois que seja! As perdas e os desgostos de tal modo me abateram, que mui dificilmente ficarei amanhã com uma libra de carne, para resgatar a conta de meu feroz credor. Sigamos, guarda! Se Deus fizesse que Bassânio viesse ver-me no instante de pagar-lhe a dívida, tudo o mais me seria indiferente.

(*Saem*).

Cena IV

Belmonte. Um quarto em casa de Pórcia.

(*Entram Pórcia, Nerissa, Lourenço, Jéssica e Baltasar*).

LOURENÇO — Senhora, permiti que em vossa própria presença vo-lo diga: tendes uma concepção muito nobre e verdadeira da divina amizade, para a ausência suportardes assim de vosso esposo. Mas se soubésseis a quem tantas honras, desse modo, prestais; que gentil-homens tão dignos socorreis; quão devotada foi sempre a meu senhor e vosso esposo: mais orgulhosa, sei-o bem, ficaríeis de tudo o que fazeis, do que a bondade natural poderia a isso levar-vos.

PÓRCIA — Nunca me arrependi de uma ação boa, nem o farei agora. Entre pessoas que o tempo passam em conversa, juntos, e cujos corações o mesmo jugo da amizade suportam, haver deve conformidade e proporção nos traços, no gênio e nos costumes. Isso leva-me a acreditar que Antônio, como amigo de meu senhor, terá de ser como ele. Ora, assim sendo, que quantia mínima dispensei, para que a imagem de minha alma livrar pudesse de uma situação de crueldade infernal! Essas palavras, porém, parecem elogio próprio. Fiquemos por aqui. E ora tratemos de outros assuntos. Ponho-vos, Lourenço, nas mãos a direção e a vigilância desta casa, até à volta de Bassânio. Eu, de mim, formulei ao céu um voto secreto de, em contemplação e preces, viver por algum tempo, acompanhada somente por Nerissa, até que possam retornar meu senhor e o esposo dela. Daqui distante duas milhas acha-se um mosteiro aonde vamos acolher-nos. Desejo que não vos furteis ao peso da obrigação imposta pela força das circunstâncias e meu próprio afeto.

LOURENÇO — De todo o coração, minha senhora; são ordens para mim vossos desejos.

PÓRCIA — Meus criados sabem tudo o que vos disse. Todos hão de acatar-vos e a Jéssica, como a mim própria e a meu senhor Bassânio. E agora passai bem e até à vista.

LOURENÇO — Formosos pensamentos e felizes horas vos acompanhem.

JÉSSICA — Alegrias do coração desejo a Vossa Graça.

PÓRCIA — Os votos agradeço, desejando que a vós retornem. Passai bem, Jéssica.

(*Saem Jéssica e Lourenço*).

PÓRCIA — E agora, Baltasar, tal como sempre te encontrei, honesto e verdadeiro, quero ainda achar-te. Toma esta carta e apressa-te, empregando todo o esforço de um homem, para que logo possas chegar a Pádua. Em mãos a entrega a meu primo, o Doutor Belário, e toma muito cuidado com os papéis e a roupa que ele te der, e os traze, por obséquio, empregando na volta a maior pressa imaginável, até o barco público que vai para Veneza. Com palavras não percas tempo; parte logo, que hei de chegar primeiro lá.

BALTASAR — Hei de, senhora, empregar nisso toda a diligência.

(*Sai*).

PÓRCIA — Vamos, Nerissa; tenho em mãos uma obra que ainda não conheço. Mas teremos de ver nossos maridos bem mais cedo do que eles próprios pensam.

NERISSA — E seremos também vistas por eles?

PÓRCIA — Sim, Nerissa; mas vestidas de tal maneira, que eles hão de nos atribuir o que nos falta. Aposto o que quiseres que, ao ficarmos parecendo dois moços, de nós duas serei o mais galhardo e a minha espada carregarei com mais desenvoltura. Vou falar nesse tom meio aflautado como o fazem na idade transitória de menino para homem; meus passinhos se mudarão em passos masculinos. Falarei só de duelos, como jovem de bom aprumo e um tanto bazofeiro; contarei mil mentiras sobre as damas de posição que o amor me disputaram e que, desiludidas, adoeceram, vindo a morrer depois. Mas impossível me era a todas possuir. Logo em seguida me mostrarei de todo arrependido, desejando que mortas não houvessem sido por minha causa. Em suma: tantas pêtas hei de contar desse quilate, que hão de jurar os homens que eu apenas há doze meses concluí a escola. Tenho em mente um milhão dessas patranhas dos nossos fanfarrões incorrigíveis, que hei de pôr logo em prática.

NERISSA — Estou vendo que vamos virar homens?

PÓRCIA — Que pergunta! Se alguém isso tomasse em mau sentido! Mas vamos; vou contar-te todo o plano, quando estiver no carro que na porta nos espera do parque. Mui casquilhas hoje faremos ainda vinte milhas.

(*Saem*).

Cena V
O mesmo. Um jardim.

(*Entram Lanceloto e Jéssica*).

LANCELOTO — Sim, realmente; porque, vede bem: os pecados dos pais pesam sobre os filhos. Assim, podeis crer-me que estou preocupado convosco. Sempre fui franco convosco; por isso, confesso agora a minha intranqüilidade a esse respeito. Criai coragem, portanto, porque em verdade tenho certeza de que estais condenada às penas eternas. Só há uma esperança de que venha a melhorar a vossa situação, e assim mesmo, uma esperança bastarda.

JÉSSICA — E que esperança é essa, por obséquio?

LANCELOTO — Ora, é que, se remanescesse uma ponta de esperança de que não houvésseis sido gerada por vosso pai, não seríeis filha do judeu.

JÉSSICA — É esperança bastarda, não há dúvida. Desse modo, os pecados de minha mãe pesariam sobre mim.

LANCELOTO — Realmente, motivo por que receio que estejais condenada tanto por causa do pai como por causa da mãe. Desse modo, se me livro de Gila, vosso pai, vou cair em Caríbdes, vossa mãe. Estais perdida pelos dois lados.

JÉSSICA — Serei salva pelo meu marido; de mim fez ele uma cristã.

LANCELOTO — Tanto mais passível ele de censura se tornou. Já tínhamos cristãos em número suficiente; o necessário para poderem viver bem uns com os outros. Essa fabricação de cristãos fará aumentar o preço do porco. Se todos nós passarmos a ser comedores de carne de porco, dentro de pouco tempo por dinheiro nenhum poderemos ter uma tira de toicinho sobre a brasa.

(*Entra Lourenço*).

LOURENÇO — Dentro de pouco tempo, Lanceloto, terei de revelar ciúmes, se continuardes a puxar para os cantos minha mulher.

JÉSSICA — Nada receies de nós, Lourenço, que eu e Lanceloto nos damos muito mal. Ele me diz sem circunlóquios que não encontrarei misericórdia no céu por ser filha de judeu, como disse, também, que não sois um bom membro da comunidade, porque, convertendo judeus ao cristianismo, elevais o preço da carne de porco.

LOURENÇO — Com muito mais facilidade poderei justificar-me disso diante das autoridades do que tu por causa da rotundidade do ventre daquela negra. A moura, Lanceloto, está grávida de ti.

LANCELOTO — Para mim, tanto faz que a moura morra; mas se ela for menos do que uma mulher honesta, já é mais do que o que eu julgava que fosse.

LOURENÇO — Como até os bobos sabem fazer trocadilhos! Sou de opinião de que dentro de pouco tempo o espírito passará a provar a sua superioridade tornando-se mudo e de que a eloqüência só será recomendada para os papagaios. Vai logo para dentro, maroto, e dize que se preparem para o jantar.

LANCELOTO — Isso já está providenciado, senhor, porque todos têm estômago.

LOURENÇO — Santo Deus, como apanhais as coisas! Dize-lhes que preparem o jantar.

LANCELOTO — Isso também já está providenciado, senhor, só falta a cobertura.

LOURENÇO — Nesse caso, pretendeis cobrir-vos?

LANCELOTO — Eu, cobrir-me, senhor? Conheço o meu dever.

LOURENÇO — Mais um trocadilho! Não quererás mostrar-nos de uma só vez toda a riqueza de teu espírito? Por obséquio, interpreta um homem simples de acordo com a sua maneira simples de expressar-se. Vai procurar os teus camaradas e dize-lhes que ponham a mesa e preparem os pratos, que nós já chegamos para jantar.

LANCELOTO — Quanto à mesa, senhor, será preparada; quanto aos pratos, serão postos; quanto à vossa ida para jantar, que seja segundo vossos caprichos e opiniões.

(*Sai*).

LOURENÇO — Que inteligência rara! Como as suas palavras se combinam! Na memória tem o bobo um exército de termos da melhor procedência. Muitos bobos conheço em posição de alto relevo, como este, ornado de palavras raras, e que no instante de mostrar espírito falham completamente. E tu, Jéssica, feliz te julgas? Dize-me, querida: que achas da esposa do senhor Bassânio?

JÉSSICA — Mais do que dizer posso; é necessário que ele vida exemplar em tudo leve, pois tendo a bênção de uma tal esposa, na terra encontrará dita celeste. E se ele vier a desprezar na terra semelhante ventura, por direito jamais há de ir ao céu. Caso dois deuses determinassem, em celeste aposta, vir à terra buscar duas mulheres, sendo Pórcia uma delas, necessário fora ajuntar muitíssimo à segunda, pois este nosso mundo rude e pobre não tem quem se lhe iguale.

LOURENÇO — Tal qual ela como esposa, sou eu como marido.

JÉSSICA — Ah, é assim? Não queríeis perguntar-me o que eu penso sobre isso?

LOURENÇO — Sim, mais tarde; vamos jantar primeiro.

JÉSSICA — Não; deixai-me fazer-vos o elogio antes de farta.

LOURENÇO — Não; deixemos o assunto para a mesa. Digas o que disseres, digerido será também de envolta com o restante.

JÉSSICA — Pois que seja; farei vosso elogio.

(*Saem*).

ATO IV

Cena I
Veneza. Uma corte de justiça.

(*Entram o doge, os senadores de Veneza, Antônio, Bassânio, Graciano, Salarino, Salânio e outros*).

DOGE — Está presente, Antônio?

ANTÔNIO — Às ordens de Vossa Graça.

DOGE — Causa-me pena a tua situação. Vieste a esta barra para defrontar-te com um inimigo de pedra, um celerado desumano, incapaz de comover-se, vazio e carecente de uma dracma de comiseração.

ANTÔNIO — Soube que Vossa Graça tem se esforçado muito e muito para atenuar seu rigoroso curso. Mas já que endurecido ele se mostra e que meio legal nenhum me livra do alcance de seu ódio, oponho minha paciência ao seu furor e me declaro armado para suportar com grande tranqüilidade de alma a tirania e a cólera da sua.

DOGE — Alguém daí introduza o judeu logo na sala.

SALARINO — À porta já se encontra. Aí vem, senhor.

(*Entra Shylock*).

DOGE — Afastai-vos, para que ele ficar possa diante de nós. Shylock, o mundo pensa, e eu também como todos, que tencionas persistir nessas provas de crueldade somente até à última hora do processo, depois do que, se diz, irás mostrar-nos doçura e consideração mais raras do que esse gesto de crueldade inculca. Em vez de, agora, a multa reclamares — uma libra de carne deste pobre mercador — não somente vais dizer-nos que o castigo dispensas, como, ainda, levado pelo amor e o sentimento de humanidade, perdoarás metade da dívida, atendendo às grandes perdas que pesaram sobre ele ultimamente, perdas capazes de deitar por terra um mercador real, e compassivos de sua desventura deixar peitos de bronze e duros corações de pedra de turcos inflexíveis e de tártaros às práticas estranhas do serviço da meiga cortesia. Ora aguardamos resposta branda; todos nós, judeu.

SHYLOCK — Já expus a Vossa Graça o que pretendo, como jurei por nosso santo Sábado cobrar o estipulado pela multa. Se mo negares, que com o risco seja das leis e liberdades de Veneza. Decerto haveis de perguntar-me a causa de eu preferir um peso de carniça a ter de volta os ricos três mil durados. E então? Se um rato a casa me estragasse, e para envenená-lo eu resolvesse gastar dez mil ducados? Não vos basta semelhante resposta? Há muita gente que não suporta ouvir grunhir um porco; outros, ao ver um gato, ficam loucos; e outros, ainda, que ao fanhoso canto da cornamusa a urina não retêm. É que a impressão, senhora dos instintos, vos faz odiar ou amar, como apetece. Para voltarmos ao que perguntastes, vos direi que assim como não podemos apresentar razão satisfatória da antipatia de um pelo grunhido do porco, da daquela pela vista de um gato necessário e inofensivo, da do outro pela inflada cornamusa, sendo força cedermos ao opróbrio inevitável de ofendermos, quando nos virmos ofendidos: de igual modo, não sei de outra razão, nem saber quero, se não for o ódio inato e a repugnância que Antônio me desperta e que me leva a persistir assim numa demanda tão onerosa. Dei-vos a resposta?

BASSÂNIO — Isso não é resposta, homem de pedra, que justifique a tua crueldade.

SHYLOCK — Não tenho obrigação de ser amável no que te responder.

BASSÂNIO — Acaso a morte dão os homens a tudo o que não amam?

SHYLOCK — E quem não mataria tudo quanto odeia?

BASSÂNIO — Nem toda ofensa, de princípio, é ódio.

SHYLOCK — Como! Consentirias que uma serpe te picasse duas vezes?

ANTÔNIO — Por obséquio, refleti que tratais com um judeu. De tanto vos servira ir para a praia e às ondas ordenar que se abaixassem; de tanto vos servira ao fero lobo perguntar sobre a causa de ter feito balar o cordeirinho atrás da ovelha; de tanto vos servira aos altos pinhos da montanha proibir que o topo agitem e que façam rumor, quando a tormenta do céu os deixa inquietos... Sim, primeiro conseguiríeis realizar as coisas mais duras, do que fora só quererdes abrandar — e que pode ser mais duro? — seu coração judeu. Por isso eu peço nada mais lhe oferecerdes, nem tentardes qualquer outro recurso, mas depressa me julgardes segundo as leis da terra, deixando que o judeu realize o intento.

BASSÂNIO — Em vez dos teus três mil ducados dou-te seis mil agora.

SHYLOCK — Se essas moedas todas desses seis mil ducados divididas em seis partes ficassem, e cada uma fosse um ducado, nelas não tocaria. Persisto em exigir a minha letra.

DOGE — Se piedade não mostras, como podes esperar encontrá-la?

SHYLOCK — Que castigo tenho a temer, se mal algum eu faço? Possuís muitos escravos, que como asnos, cães e mulos tratais, e que em serviços empregais vis e abjetos, sob a escusa de os haverdes comprado. Já vos disse que os pusésseis, acaso, em liberdade? Que com vossas herdeiras os casásseis? Por que suam sob fardos? Que lhes désseis leitos iguais aos vossos? E iguarias que como ao vosso paladar soubessem? Em resposta, decerto, me diríeis: "Os escravos são nossos". De igual modo vos direi, em resposta, que essa libra de carne, que ora exijo, foi comprada muito caro; pertence-me; hei de tê-la. Se esse direito me negardes fora com vossas leis! São fracos os decretos de Veneza. E ora aguardo o julgamento. Respondei-me: dar-me-eis o meu direito?

DOGE — Tenho o poder de dissolver a corte, se Belário, um jurista muito douto que mandei vir para estudar o caso, não puder chegar hoje.

SALARINO — Acha-se aí fora, senhor, um mensageiro que vos trouxe cartas desse doutor; veio de Pádua.

DOGE — Traze-me as cartas; chama o mensageiro.

BASSÂNIO — Que é isso, Antônio? Alegra-te! Coragem! Há de o judeu tirar-me o sangue, a carne, os ossos, antes de por mim perderes uma gota sequer do rubro sangue.

ANTÔNIO — Eu sou a ovelha doente do rebanho, marcada para a morte. O mais mirrado fruto cai da árvore primeiro; o mesmo se passa ora comigo. Melhor coisa, Bassânio, não farás do que viveres para o meu epitáfio redigires.

(*Entra Nerisssa, em trajes de escrivão*).

DOGE — Vieste de Pádua? Do Doutor Belário?

NERISSA — De ambas as partes, meu senhor; Belário saúda Vossa Graça.

(*Entrega-lhe uma carta*).

BASSÂNIO — Por que amolas essa faca com tanta persistência?

SHYLOCK — Para cortar a multa do falido.

GRACIANO — Não é na sola do sapato, é na alma, judeu perverso, que amolá-la deves. Mas não se acha metal algum, nem mesmo cutelo de carrasco, que a metade tenha do corte de tua dura inveja. As orações não podem comover-te?

SHYLOCK — Não; nenhuma de quantas teu espírito pudesse conceber.

GRACIANO — Oh! Sê maldito, inexorável cão, e que a justiça seja acusada, só por teres vida. Quase me fazes abalada a crença, para aceitar a idéia de Pitágoras, de que as almas dos brutos passar podem para o corpo dos homens. Teu espírito de cão é governado por um lobo enforcado por crime de homicídio. A alma nefanda, ao se escapar da forca, entrou em ti, quando no ventre estavas de tua mãe maldita. Eis o motivo de só teres instintos sanguinários, ferinos, esfomeados e vorazes.

SHYLOCK — Se não consegues desfazer o selo de minha letra, por gritares tanto só cansas os pulmões. Cura esse espírito, mocinho, se não queres que apodreça. Só vim aqui para impetrar justiça.

DOGE — A carta de Belário recomenda-nos um jurista erudito e muito moço. Onde está ele?

NERISSA — Aí fora, à espera, apenas, de que o mandeis entrar.

DOGE — Com todo o gosto. Três ou quatro pessoas o introduzam na sala com a devida cortesia. Tome conhecimento, portanto, a Corte, do que Belário diz em sua carta.

ESCRIVÃO — "Saberá Vossa Graça que ao receber vossa carta eu me encontrava gravemente doente. Mas justamente à chegada de vosso emissário eu recebia a agradável visita de um jovem doutor de Roma, de nome Baltasar. Expus-lhe o motivo da controvérsia entre o judeu e o mercador Antônio; juntos, compulsamos muitos livros; ele esposa minha opinião, que, secundada por seu próprio saber — cuja profundidade eu não poderia elogiar suficientemente — ante a minha insistência, ele vos leva, para atender, em meu lugar, ao chamado de Vossa Graça. Insisto junto de Vossa Graça no sentido de que os seus poucos anos não sirvam de obstáculo para que lhe venha a faltar o devido apreço, pois nunca tive conhecimento de um corpo tão moço com uma cabeça tão velha. Entrego-o ao vosso gracioso acolhimento, na certeza de que essa prova será a sua melhor recomendação".

DOGE — Ouvistes as palavras do erudito Belário. E eis que nos chega o seu colega, se não me engano.

(*Entra Pórcia, em trajes de doutor em direito*).

Dai-me a mão. Do velho Belário foi que viestes?

PÓRCIA — Sim, senhor.

DOGE — Sois bem-vindo. Assentai-vos. É do vosso conhecimento a dissidência que hoje se discute perante nossa corte?

PÓRCIA — Conheço os pormenores da pendência. Onde está o mercador? Qual é o judeu?

DOGE — Ambos aqui presentes. Este é Antônio; este, o velho Shylock.

PÓRCIA — É vosso nome Shylock?

SHYLOCK — Assim me chamo.

PÓRCIA — Assaz estranha é a natureza dessa vossa causa. Mas as leis de Veneza não vos podem desatender, se persistis no intento. (*A Antônio*) Estais inteiramente ao dispor dele, não é verdade?

ANTÔNIO — Assim ele o proclama.

PÓRCIA — Reconheceis a letra?

ANTÔNIO — Reconheço-a.

PÓRCIA — É, pois, preciso que o judeu se mostre clemente.

SHYLOCK — Constrangido por que meios, não podereis dizer-me?

PÓRCIA — A natureza da graça não comporta compulsão. Gota a gota ela cai, tal como a chuva benéfica do céu. É duas vezes abençoada, por isso que enaltece quem dá e quem recebe. É mais possante junto dos poderosos, e ao monarca no trono adorna mais do que a coroa. O poder temporal o cetro mostra, atributo do medo e majestade, do respeito e temor que os reis inspiram: mas a graça muito alto sempre paira das injunções do cetro, pois seu trono no próprio coração dos reis se firma; atributo é de Deus; quase divino fica o poder terreno nos instantes em que a justiça se associa à graça. Por tudo isso, judeu, conquanto estejas baseado no direito, considera que só pelos ditames da justiça nenhum de nós a salvação consegue. Para obter graça todos nós rezamos; e é essa mesma oração que nos ensina a usar também da graça. Quanto disse, foi para mitigar o teu direito; mas, se nele insistires, o severo tribunal de Veneza há de sentença dar contra o mercador.

SHYLOCK — Que os meus atos me caiam na cabeça. Só reclamo a aplicação da lei, a pena justa cominada na letra já vencida.

PÓRCIA — Não pode o mercador pagar a dívida?

BASSÂNIO — Pode, sim; deposito ante esta corte, ele, essa importância... não, o dobro. Caso isso ainda não baste, comprometo-me a dez vezes pagar a mesma dívida, no que empenho a cabeça, as mãos, o próprio coração. Caso, ainda, isso não chegue, fica patente que a malícia vence, neste pleito, à lisura. Assim, suplico-vos torcer a lei uma só vez, ao menos; tendes força para isso. Uma injustiça pequena cometei, para fazerdes uma grande justiça, assim frustrando no seu intento a este cruel demônio.

PÓRCIA — Não é possível; força alguma pode em Veneza mudar as leis vigentes. Muitos abusos, ante um tal exemplo, viriam a insinuar-se na república. Não pode ser.

SHYLOCK — Daniel veio julgar-nos! Sim, um novo Daniel! O sábio e jovem juiz, como eu te acato!

PÓRCIA — Por obséquio, mostrai-me a letra; quero examiná-la.

SHYLOCK — Aqui está ela, muito reverendo doutor; aqui está ela.

PÓRCIA — Três importes da dívida, Shylock, te oferecem.

SHYLOCK — Um juramento! Um juramento! Tenho no céu um juramento. Poderia na alma lançar o fardo de um perjúrio? Nem por toda Veneza.

PÓRCIA — O documento já está vencido. Legalmente pode reclamar o judeu, por estes termos, uma libra de carne, que ele corte de junto ao coração do mercador. Sê compassivo; aceita triplicada a importância da dívida e permite-me rasgar o documento.

SHYLOCK — Após o vermos liquidado de acordo com seus termos. Mostrastes ser juiz de grande mérito; conheceis bem as leis; foi muito clara a exposição de há pouco. Assim, intimo-vos, pela lei de que sois um dos pilares mais dignos, a emitir o julgamento. Juro pela minha alma que nenhuma língua humana é capaz de demover-me de minha decisão. Só quero a letra.

ANTÔNIO — De todo o coração suplico à corte pronunciar a sentença.

PÓRCIA — Pois que seja. Consiste a decisão em prepararades o peito para a faca do credor.

SHYLOCK — Oh nobre juiz! Oh extraordinário jovem!

PÓRCIA — Pois a intenção e o espírito da lei estão de acordo com a penalidade cominada na letra.

SHYLOCK — É muito certo. Oh juiz íntegro e sábio! Quanto, quanto mais velho não serás do que aparentas!

PÓRCIA — Descobri, pois, o peito.

SHYLOCK — Sim, "o peito", tal como está na letra; não é isso, nobre juiz? "Bem junto ao coração", são seus termos explícitos.

PÓRCIA — É certo. Já deixastes a jeito uma balança para pesar a carne?

SHYLOCK — À mão tenho uma.

PÓRCIA — E um cirurgião, Shylock, contratastes, para evitar que Antônio a morrer venha, por grave hemorragia?

SHYLOCK — Estipulado se encontra isso na letra?

PÓRCIA — Expressamente, não; mas que importa? Fora conveniente que assim fizésseis, só por caridade.

SHYLOCK — Não posso achá-lo; isso não há na letra.

PÓRCIA — Mercador, tendes algo a declarar?

ANTÔNIO — Muito pouco; estou pronto e preparado. Bassânio, a mão. Adeus. Não seja causa de vos amofinardes a desgraça que padeci por vós, porque a Fortuna, no meu caso, se mostra mais benigna do que de hábito. Sempre ela permite que sobreviva o mísero à opulência, para que ver possa com vincada fronte e olhos cavados a velhice pobre. Ela me poupa o sofrimento longo de semelhante dor.

Recomendai-me à vossa nobre esposa e relatai-lhe como Antônio morreu; dizei-lhe quanto amor vos dedicava e enaltecei-me depois de morto. E após terdes contado tudo o que se passou, ela que julgue se Bassânio não foi, realmente, amado. Não lastimeis a perda de um amigo, que ele não se lastima por ter pago a dívida por vós. Se fundamente me cortar o judeu, no mesmo instante de coração liquidarei meu débito.

BASSÂNIO — Antônio, desposei uma pessoa que me é tão cara quanto a própria vida. Mas essa vida, a esposa, o mundo inteiro são por mim avaliados ainda em menos do que tua existência. Conformara-me em perder todos, em sacrificá-los a este demônio, só para salvar-vos.

PÓRCIA — Não vos ficaria muito agradecida vossa esposa, se acaso aqui estivesse para ouvir essa oferta.

BASSÂNIO — Amo deveras minha mulher; mas desejara que ela no céu se achasse, para que pudesse impetrar junto a algum poder celeste que demovesse este judeu canino.

NERISSA — Foi bom dizerdes isso em sua ausência, pois, de outro modo, o lar ficaria inquieto.

SHYLOCK — Os maridos cristãos são desse jeito. Tenho uma filha; mas preferiria que ela casasse com um dos descendentes de Barrabás a vê-la desposada com um desses cristãos. O tempo corre! Dai andamento, por favor, ao pleito.

PÓRCIA — Pertence-te uma libra aqui da carne do mercador; a corte o reconhece, porque a lei o permite.

SHYLOCK — Oh juiz íntegro!

PÓRCIA — E deveis retirá-la justamente do peito dele; a corte o reconhece, porque a lei o permite.

SHYLOCK — Oh juiz sábio! Isso, sim, que é sentença! Vamos logo; preparai-vos.

PÓRCIA — Um momentinho, apenas. Há mais alguma coisa. Pela letra, a sangue jus não tens; nem uma gota. São palavras expressas: "Uma libra de carne". Tira, pois, o combinado: tua libra de carne. Mas se acaso derramares, no instante de a cortares, uma gota que seja, só, de sangue cristão, teus bens e tuas terras todas, pelas leis de Veneza, para o Estado passarão por direito.

GRACIANO — Oh juiz honesto! Toma nota, judeu: quanto ele é sábio!

SHYLOCK — A lei diz isso?

PÓRCIA — Podes ver o texto. Reclamaste justiça; fica certo de que terás justiça, talvez mesmo mais do que desejaras.

GRACIANO — Oh juiz sábio! Toma nota, judeu: quanto ele é sábio!

SHYLOCK — Nesse caso, concordo com a proposta: que me paguem três vezes a importância da dívida, ficando o cristão livre.

BASSÂNIO — Eis o dinheiro.

PÓRCIA — Devagar! Justiça total para o judeu. Nada de pressa. Só tem direito à multa estipulada.

GRACIANO — O judeu! Que juiz idôneo e sábio!

PÓRCIA — Dispõe-te, assim, para cortar a carne. Mas não derrames sangue, nem amputes senão o peso justo de uma libra, nem mais nem menos; pois se retirares mais ou menos do que isso, o suficiente para deixá-la mais pesada ou leve na proporção, embora, da vigésima parte de um pobre escrópulo; ou, ainda, se a balança pender um fio, apenas, de cabelo, por isso a vida perderás, ficando os teus bens todos confiscados.

CRACIANO — Um segundo Daniel, judeu, um novo Daniel! Agora, cão, peguei-te firme.

PÓRCIA — Por que o judeu parou? Cobra tua dívida.

SHYLOCK — Dai-me o meu capital e deixai-me ir.

BASSÂNIO — Já o trouxe aqui, para isso; toma-o logo.

PÓRCIA — Recusou-o ante a corte, abertamente. Vai receber justiça e a letra, apenas.

GRACIANO — Um segundo Daniel! Outro Daniel! Judeu, muito obrigado por me haveres ensinado esse nome.

SHYLOCK — Não recebo nem mesmo o meu dinheiro?

PÓRCIA — Só recebes a pena cominada, que com risco próprio deves cobrar, judeu.

SHYLOCK — Que o diabo, nesse caso, o proteja! Não me agrada continuar a perder aqui meu tempo.

PÓRCIA — Espera aí, judeu! A lei ainda tem outras pretensões a teu respeito. Diz a lei de Veneza, expressamente, que se a provar se vier que um estrangeiro, por processos diretos ou indiretos, atentar contra a vida de um dos membros desta comunidade, há de a pessoa por ele assim visada, assenhorear-se da metade dos bens desse estrangeiro, indo a outra parte para os cofres públicos. A vida do ofensor à mercê fica do doge, apenas, contra os votos todos. Digo, pois, que te encontras nesse caso, pois que se torna manifesto e claro que, usando de processos indiretos, e diretos também, contra a existência do acusado intentaste — assim, incorres na pena cominada. Agora, ajoelha-te e ao doge implora que te dê o perdão.

GRACIANO — Implora-lhe o consentimento para poderes te enforcar. Aliás, se todos os teus bens já passaram para o Estado, não dispões nem do preço de uma corda. Assim, o Estado é que terá esse ônus.

DOGE — Para que vejas como nosso espírito é diferente, a vida te concedo antes de ma pedires. A metade de quanto tens pertence agora a Antônio. A outra parte, a do Estado, reduzida pela humildade pode ser a multa.

PÓRCIA — Não para Antônio; multa para o Estado.

SHYLOCK — Não, a vida também; não perdoeis nada. Tirais-me a casa, se a privais do esteio no qual ela se firma; da existência já me privastes, quando me deixastes sem os recursos com que me sustento.

PÓRCIA — Antônio, que podeis fazer por ele?

GRACIANO — Dar-lhe uma corda grátis, tão-somente.

ANTÔNIO — Se meu senhor, o doge, e toda a corte quiser perdoar a multa da metade de seus bens, satisfeito me declaro se a outra metade ele deixar comigo, que após a sua morte, ao cavalheiro restituirei que lhe raptou a filha. Mais duas condições imponho, ainda: que, por esse favor, agora mesmo cristão ele se torne, e que em presença desta corte ele firme um documento em que declare que, por morte, deixa todos os seus haveres para a filha e seu filho Lourenço.

DOGE — Há de fazê-lo; senão, retiro-lhe o perdão de há pouco.

PÓRCIA — Judeu, estás contente? Que respondes?

SHYLOCK — Estou contente.

PÓRCIA — Então redigi logo a ata, escrivão, de doação dos bens.

SHYLOCK — Peço-vos permissão de retirar-me; não me sinto disposto. A casa enviai-me a ata, para assiná-la.

DOGE — Bem; retira-te; não deixes de fazê-lo.

GRACIANO — Ao batizado, dois padrinhos vais ter. Se o juiz eu fosse, mais dez terias tido, para enviar-te, não para a fonte, mas para o patíbulo.

(*Sai Shylock*).

DOGE — Convido-vos, senhor, instantemente, para cear comigo.

PÓRCIA — Mil desculpas peço a Vossa Grandeza; mas preciso partir ainda esta noite para Pádua, razão por que preciso sair logo.

DOGE — Lastimo não dispordes de mais tempo. Antônio, recompensa o gentil-homem como puderes; pois, segundo penso, deves estar-lhe muito agradecido.

(*Saem o doge, os senadores e o séqüito*).

BASSÂNIO — Mui digno cavalheiro, eu e este amigo, graças ao vosso alto saber, ficamos hoje aliviados de uma pena grave. Como honorários, os três mil ducados que ao judeu nós devíamos, vos damos para recompensar vosso trabalho.

ANTÔNIO — E vos ficamos devedores sempre de amizade e serviços.

PÓRCIA — Mui bem pago já está quem satisfeito se declara. Por vos ter libertado, considero-me satisfeito e, com isso, fartamente pago de tudo. Espírito não tenho mercenário. Suplico-vos apenas reconhecer-me, quando nos revirmos. Passai bem; e, com isso, me despeço.

BASSÂNIO — Caro senhor, forçoso é que eu insista. Aceitai de nós dois uma lembrança, como tributo, não como salário. Duas coisas fazei-me, por obséquio: concordar com o que peço e desculpar-me.

PÓRCIA — Insistis muito para que eu recuse. (*A Antônio*) Aceito vossas luvas; hei de usá-las como recordação. (*A Bassânio*) Aceitaria de bom grado esse anel, por amor vosso. Não retireis a mão. Lembrança alguma me servirá, senão apenas essa.

BASSÂNIO — Este anel, bom senhor? Não vale nada. Vergonha fora vir a oferecer-vo-lo.

PÓRCIA — Outra coisa não quero a não ser isso. E agora sinto que cobiço o anel.

BASSÂNIO — Estimo-o acima do valor intrínseco. Dou-vos o anel mais caro que em Veneza, por pregão, encontrar me for possível. Este, somente, não darei: perdoai-me.

PÓRCIA — Em promessas, senhor, sois generoso, vejo-o bem. De começo, me ensinastes a pedir; mas agora só parece que me ensinais de que maneira eu devo responder aos que pedem.

BASSÂNIO — Mui bondoso cavalheiro, este anel é uma lembrança de minha própria esposa, que, no instante de mo entregar, me fez prestar a jura de que nunca o daria, nem venderia, nem nunca o perderia.

PÓRCIA — Essa desculpa já tem servido para se eximirem muitos homens de dar um bom presente. Se não for uma tola vossa esposa, quando vier a saber até que ponto fiz jus a essa lembrança, certamente não há de vos dicar ódio implacável, só por mo terdes dado. Passai bem.

(*Saem Pórcia e Nerissa*).

ANTÔNIO — Senhor Bassânio, dai-lhe o anel, vos peço. Que o meu afeto e seu merecimento vençam nisto a opinião de vossa esposa.

BASSÂNIO — Corre, Graciano; vê se ainda o alcanças. Dá-lhe o anel, e se for possível, leva-o para a casa de Antônio. Vai depressa!

(*Sai Graciano*).

Vós e eu, agora, para lá iremos. Ambos voaremos amanhã bem cedo para Belmonte. Vamos logo, Antônio!

(*Saem*).

Cena II

Uma rua.

(*Entram Pórcia e Nerissa*).

PÓRCIA — Vê onde o judeu mora e entrega-lhe a ata, para tomar a assinatura dele. Partiremos à noite; desse modo poderemos chegar à casa um dia antes dos dois maridos. Muito alegre Lourenço vai ficar à vista da ata.

(*Entra Graciano*).

GRACIANO — Caro senhor, bom foi que vos achasse. Senhor Bassânio, após melhor exame, vos envia este anel e vos convida para jantar com ele.

PÓRCIA — Isso é impossível; mas pelo anel lhe fico agradecido; dizei-lhe isso, vos peço. E agora, o obséquio me fazei de indicar a este mancebo a casa de Shylock.

GRACIANO — De bom grado.

NERISSA — Uma palavra, meu senhor, convosco. (*À parte, a Pórcia*) Quero ver se também obter consigo do meu marido o anel que ele jurara trazer sempre no dedo.

PÓRCIA — Isso é certeza. Vamos ouvir as juras costumeiras, de que a homens os cederam. Mas nós duas os contraditaremos, anulando seus protestos solenes. Vamos logo! Já sabes onde deves encontrar-me.

NERISSA — Caro senhor, quereis mostrar-me a casa?

(*Saem*).

ATO V

Cena I

Belmonte. Uma avenida que vai dar à casa de Pórcia.

(*Entram Lourenço e Jéssica*).

LOURENÇO — A lua brilha. Numa noite assim, quando a brisa beijava de mansinho as árvores, sem que estas sussurrassem; numa noite como esta, só parece, Tróilo as muralhas escalou de Tróia e mandou a alma para as tendas gregas, onde Créssida estava.

JÉSSICA — Numa noite como esta Tisbe ansiosa mui de leve pelo orvalho passava, tendo a sombra visto do leão antes de ver a fera, e assustada fugiu.

LOURENÇO — Foi numa noite tal como esta que Dido, com um ramo de salgueiro na mão, na praia infensa se postou, acenando para o amante que voltasse a Cartago.

JÉSSICA — Numa noite tal como esta, Medéia as ervas mágicas apanhou, para que o velho Jasão fizesse voltar à mocidade.

LOURENÇO — Numa noite tal como esta, Jéssica deixa a casa do opulento judeu, em companhia do namorado pródigo, correndo de Veneza a Belmonte.

JÉSSICA — Numa noite tal como esta, Lourenço lhe jurou que a amava loucamente, a alma roubando-lhe com juramentos mil, sendo certeza que todos eram falsos.

LOURENÇO — Numa noite tal como esta, a gentil e ralhadora Jéssica caluniou seu namorado, que lhe perdoou de todo.

JÉSSICA — Desejara reter-vos toda a noite, se ficássemos aqui sozinhos; porém ouço passos.

(*Entra Estéfano*).

LOURENÇO — Quem nos chega na noite silenciosa?

ESTÉFANO — Um amigo.

LOURENÇO — Um amigo? Que amigo? Vosso nome, meu amigo, pois não?

ESTÉFANO — Meu nome é Estéfano. Tenho a dizer-vos que minha senhora em Belmonte estará antes do dia. Ela anda a percorrer as cruzes santas, nas quais se ajoelha e reza, para que possa ter horas de casada em tudo boas.

LOURENÇO — Quem vem com ela?

ESTÉFANO — Um eremita santo, tão-somente, e a empregada dela. E agora me dizei, por obséquio: já se encontra de tornada meu amo?

LOURENÇO — Não, nem temos notícia alguma dele. Mas, Jéssica, entremos logo e vamos preparar-nos para dar a nossa ama as boas-vindas com toda a cerimônia.

(*Entra Lanceloto*).

LANCELOTO — Olá, olá! Quem vive? Olá, olá!

LOURENÇO — Quem é que está chamando?

LANCELOTO — Olá! Não vistes mestre Lourenço? Olá, mestre Lourenço!

LOURENÇO — Basta de gritos, homem. Aqui estou.

LANCELOTO — Onde? Onde? Olá!

LOURENÇO — Aqui.

LANCELOTO — Dizei-lhe que chegou da parte de meu amo um postilhão com o corno cheio de boas notícias. Meu amo estará aqui antes do nascer do dia.

LOURENÇO — Meu coração, entremos, para a vinda dos patrões esperar. Mas, para quê? Amigo Estéfano, anunciai aí dentro, por favor, que vossa ama vai chegar, e trazei para cá todos os músicos.

(*Sai Estéfano*).

LOURENÇO — Como dorme tranqüilo o luar no banco! Sentemo-nos aqui e consintamos que nos ouvidos nos penetre a música. O tranqüilo silêncio e a noite servem para realçar uma harmonia amena. Senta-te aqui, Jéssica, e observa como se acha o soalho do céu todo incrustado de pedacinhos de ouro cintilante. Não há estrela, por menor que seja, de quantas aí contemplas, que em seu curso não cante como um anjo, em consonância com os querubins dotados de olhos moços. Na alma imortal essa harmonia existe. Mas enquanto estas vestes transitórias de argila a envolvem muito intimamente, não podemos ouvi-la.

(*Entram músicos*).

LOURENÇO — Vinde, olá! E com um hino despertai Diana. Com tons suaves abalai o ouvido de vossa ama e fazei com que para casa volte ao som de vossa música.

(*Música*).

JÉSSICA — Nunca me deixa alegre a suave música.

LOURENÇO — É que tendes espíritos atentos. Vede como procede uma manada selvagem e impetuosa, ou alegre bando de potros não domados: loucos saltos dão sem parar, mugindo e relinchando como os leva a fazer o quente sangue. Mas se o som de um clarim, acaso, escutam, ou se lhes fere as ouças qualquer música, notareis como estacam de repente, expressão de doçura a refletir-se-lhes no olhar selvagem, pela doce força, tão-somente, da música. Por isso disse o poeta que Orfeu tinha o poder de atrair com seu canto as próprias pedras, as árvores e as ondas, visto como não há nada insensível, cruel e duro a que não possa a música, com o tempo, mudar a natureza. O homem que a música em si mesmo não traz, nem se comove ante a harmonia de agradável toada, é inclinado a traições, tão-só, e a roubos, e a todo estratagema, de sentidos obtusos como a noite e sentimentos tão escuros quanto o Érebo. De um homem assim desconfiai sempre. Ouvi a música.

(*Entram Pórcia e Nerissa e se conservam a distância*).

PÓRCIA — É em casa aquela luz. Como a pequena candeia chega longe com seus raios! Desse modo, no mundo corrompido brilha uma boa ação.

NERISSA — Se a lua brilha, não vemos a candeia.

PÓRCIA — A maior glória obscurece a menor; um substituto brilha tal como o rei, enquanto perto não vem o rei ficar: então se escoa todo o seu brilho como o regatinho na imensidade da água. Escuta! Música!

NERISSA — Senhora, é vossa a música, da casa.

PÓRCIA — A bondade das coisas, vejo-o agora, depende do momento. Estes acordes soam melhor de noite que de dia.

NERISSA — O silêncio, senhora, lhes empresta semelhante virtude.

PÓRCIA — Os corvos cantam como a cotovia, quando ninguém os ouve, estando eu certa de que se ao rouxinol fosse possível cantar de dia, quando os gansos grasnam, não passaria por mais hábil músico do que a própria carriça. Quantas coisas o tempo faz chegar à estação própria; à perfeição e ao merecido encômio! Silêncio! A lua está dormindo ao lado de Endimião; não devemos despertá-la.

(*Cessa a música*).

LOURENÇO — Se não me engano muito, é a voz de Pórcia.

PÓRCIA — Conhece-me tal como o cego ao cuco, somente pela voz.

LOURENÇO — Sois mui bem-vinda, cara senhora.

PÓRCIA — O tempo nós gastamos com rezas, para que nossos maridos pudessem ser felizes, esperando que lhes houvessem sido proveitosas as nossas orações. Já regressaram?

LOURENÇO — Não, ainda; porém um mensageiro acabou de trazer-nos a notícia de que eles vêm chegando.

PÓRCIA — Entra, Nerissa; avisa os criados que não dêem nenhuma demonstração de que estivemos fora; nem vós, Lourenço: e vós também, Jéssica.

(*Sons de trombeta*).

LOURENÇO — Vosso esposo chegou; ouço trombetas. Nada temais, senhora, que não somos contadores de histórias.

PÓRCIA — Afigura-se-me a noite como um dia um tanto enfermo; só um pouco mais pálido. É um dia tal como o dia, quando o sol se esconde.

(*Entram Bassânio, Antônio, Graciano e séqüito*).

BASSÂNIO — Teremos dia junto com os antípodas, se na ausência do sol aparecerdes.

PÓRCIA — Luz quero ser leviana, mas esposa leviana não serei, que uma consorte leve deixa o marido mui pesado, o que, por mim, nunca será Bassânio. Mas, meu senhor, sois mui bem-vindo a casa.

BASSÂNIO — Obrigado, senhora. Ao meu amigo dai acolhida afável. É este o homem, é Antônio, a quem me sinto muito preso por favores inúmeros.

PÓRCIA — Realmente, deveis estar preso a ele muito e muito, pois, segundo me consta, ele já esteve muito preso por vós.

ANTÔNIO — Mas não de jeito que impossível me fosse libertar-me.

PÓRCIA — Senhor, sois mui bem-vindo à nossa casa. E como isso vos há de ser provado não por palavras simplesmente, corto desde já meu discurso laudatório.

GRACIANO — (*a Nerissa*) Juro-vos pela lua que ali vemos, sois injusta comigo. É certo: dei-o ao escrivão do juiz. Mas desejara que castrado ele fosse sem demora, já que comigo vos zangais agora.

PÓRCIA — Estão brigando? Já! Qual é o motivo?

GRACIANO — Uma orla de ouro, anel muito modesto, que ela me havia dado, e de poesia para o mundo tal como essas sentenças de cuteleiro, escritas numa faca: "Ama-me e não me deixes".

NERISSA — Por que causa de poesia falar ou de seu preço? Mas jura me fizestes, no momento em que vo-lo entreguei, de que o haveríeis de usar enquanto vida vos restasse, e que convosco ao túmulo ele iria. Não por mim, mas por vossos juramentos deveríeis guardá-lo com respeito. Ora, dá-lo ao escrivão! Deus é quem sabe que esse escrivão jamais há de ter barba.

GRACIANO — Sim, caso viva e chegue a ficar homem.

NERISSA — Se uma mulher chegar a ficar homem.

GRACIANO — Juro por esta mão, dei-o a um mancebo, um meninote, um tipo enfezadinho, de tua altura, quase, que servia de escrivão para o juiz. Era falante, pediu-me o anel à guisa de salário, sem que eu pudesse recusar-me a dar-lho.

PÓRCIA — Não procedestes bem — devo ser franca —, assim vos separando do primeiro mimo de vossa esposa, de uma jóia que no dedo vos fora colocada com jura fervorosa e, pois, tornada carne de vossa carne, como emblema de constância e lealdade. Igual lembrança dei eu a meu amor — aqui presente — e o fiz jurar que nunca o deixaria. Atrevo-me a jurar no lugar dele que jamais deixaria que do dedo lho tirassem, por todo o ouro do mundo. Sim, Graciano, com isso a vossa esposa tamanha causa de tristeza destes que, em seu lugar, eu ficaria louca.

BASSÂNIO — (*à parte*) Fora melhor cortar a mão esquerda e jurar que perdi o anel na luta.

GRACIANO — Pois o Senhor Bassânio fez presente do seu anel ao juiz, que lho pedira e, por certo, o merecera. Foi nessa hora que o ajudante do juiz, o tal menino que tanto se esforçara na escritura, quis que eu lhe desse o meu, não aceitando nem o amo nem o moço outra lembrança, senão os dois anéis.

PÓRCIA — Que anel lhe destes, meu senhor? Não o mesmo, certamente, que de mim recebestes?

BASSÂNIO — Se eu pudesse acrescentar à falta uma mentira, vo-lo negaria agora. Mas bem vedes: não tenho o anel no dedo; já se foi.

PÓRCIA — Vazio, assim, de fé é o vosso falso coração. Pois eu juro que não hei de subir ao vosso leito sem que veja de novo o meu anel.

NERISSA — Nem eu ao vosso, enquanto o meu não vir.

BASSÂNIO — Querida Pórcia, se soubésseis a quem eu dei o anel, se soubésseis por quem eu dei o anel, e o motivo por que eu dei o anel, e como a contragosto eu dei o anel, quando nada servia, afora o anel como lembrança nossa, abateríeis o vosso dissabor, tenho certeza.

PÓRCIA — Se a virtude soubésseis desse anel, ou prezásseis a dona desse anel, ou a vós próprio, qual dono desse anel, presente não faríeis desse anel. Que homem teria havido, de tal modo falho de senso, que, se um pouco, ao menos, de ardor mostrásseis na defesa dele, persistisse, impudente, na cobiça de algo estimado como uma relíquia? Nerissa é que está certa: aposto a vida em como o anel foi dado a alguma dama.

BASSÂNIO — Por minha honra, senhora, por minha alma, não a mulher, mas a um doutor jurista que de mim recusou três mil ducados e me pediu o anel, que eu, sem reservas, lhe deneguei, deixando que partisse desgostoso por isso, ele que a vida naquela hora a este amigo restituíra. Que vos direi, querida? Foi forçado que empós dele mandei um mensageiro, para entregar-lhe o anel; confuso estava de gentileza e pejo, não querendo que a ingratidão pudesse a honra manchar-me. Perdão, querida, pois por estes lumes abençoados da noite, se tivésseis estado lá, certeza tenho plena de que o anel me teríeis reclamado, para ao digno doutor dar de presente.

PÓRCIA — Que esse doutor jamais em casa me entre, pois sendo o possuidor da jóia rara que eu apreciava tanto e que me havíeis jurado conservar, dar-se-ia o caso de eu me mostrar em relação a ele liberal como vós, sem que pudesse negar-lhe tudo quanto é meu: o próprio corpo, meu leito de casada. Ainda hei de achá-lo, tenho certeza. Não durmais, portanto, uma noite, sequer, fora de casa; vigiai-me qual outro Argo, pois no caso de o não fazerdes, se eu me vir sozinha, por minha honra, que ainda me pertence, hei de fazer desse doutor tão digno companheiro de leito.

NERISSA — E eu do escrivão. Tende cuidado, pois, de não deixar-me sob meu próprio amparo.

GRACIANO — A vosso gosto. Mas o escrivão precisa usar maromba; senão lhe deixarei a pena romba.

ANTÔNIO — Sou a causa infeliz dessas querelas.

PÓRCIA — Não vos aborreçais, senhor, com isso, pois sois bem-vindo de qualquer maneira.

BASSÂNIO — Pórcia, perdoa a involuntária ofensa; ante os ouvidos destes meus amigos juro-te pelos teus tão lindos olhos, nos quais eu me revejo...

PÓRCIA — Tomai nota! Nos meus olhos dobrado ele se enxerga: uma vez em cada olho. O juramento merece muito crédito, firmado, como está, no seu duplo.

BASSÂNIO — Não; escuta-me: desta vez me perdoa e, por minha alma, juro jamais quebrar um juramento.

ANTÔNIO — Já empenhei uma vez o próprio corpo pela fortuna dele; e a não ter sido essa pessoa que ficou de posse do anel de vosso esposo, neste instante perdido ele estaria. Ora a própria alma me decido a empenhar, pela certeza de que, conscientemente, vosso esposo não quebrará jamais qualquer promessa.

PÓRCIA — Sereis, pois, seu fiador. Entregai-lhe isto, e pedi-lhe que seja mais zeloso.

ANTÔNIO — Senhor Bassânio, agora ireis jurar-me que este outro anel será mais bem guardado.

BASSÂNIO — Pelo céu! É o que eu dei ao tal doutor!

PÓRCIA — Dele o ganhei. Perdoa-me, Bassânio; mas, para isso, o doutor deitou comigo.

NERISSA — Perdoa-me, também, gentil Graciano; mas o escrivão do juiz, o enfezadinho, por igual preço, na passada noite, deitou também comigo.

GRACIANO — Que acontece? Isso equivale a consertar estradas em pleno estio, quando transitáveis todas elas estão. Como! Tornamo-nos desonrados, sem isso merecermos?

PÓRCIA — Não sejais tão grosseiro. Estais perplexos. Vede esta carta e lede-a mais de espaço; veio de Pádua, escrita por Belário. Vereis por ela que o doutor jurista foi Pórcia, e o escrivão dele, nada menos do que Nerissa. Poderá Lourenço certificar-vos de que nos partimos logo depois de vós e que acabamos de chegar. Não entrei ainda em casa. Antônio, sois bem-vindo. Tenho algumas notícias para dar-vos, que ultrapassam qualquer expectativa. Abri esta carta; nela vereis que três galeões dos vossos subitamente vieram ter ao porto, com carga mui valiosa. Não vos digo de que modo esta carta às mãos me veio.

ANTÔNIO — Estou sem fala.

BASSÂNIO — O doutor éreis vós, e eu não vos conheci?

GRACIANO — Como! Éreis vós o escrivão que queria desonrar-me?

NERISSA — Mas o escrivão que nunca fará isso, salvo se ele chegar a ficar homem.

BASSÂNIO — Belo doutor, dividireis comigo meu leito de casado; estando eu longe, com minha esposa podereis deitar-vos.

ANTÔNIO — Destes-me vida, cara dama, e os meios com que viver, pois leio nesta carta a nova certa de que meus navios a bom porto chegaram.

PÓRCIA — Então, Lourenço? Meu escrivão vos trouxe boas novas.

NERISSA — Que ele há de ouvir sem que me pague espórtula para vós e Jéssica é esta escritura de doação do judeu opulentíssimo, que vos lega, por morte, seus haveres.

LOURENÇO — Cara dama, fazeis chover maná nos passos dos famintos.

PÓRCIA — Já vem próxima a manhã, mas certeza tenho plena de que não vos achais inteiramente satisfeitos com quanto há sucedido. Por isso entremos, para que perguntas nos dirijais sem pausa e nós possamos responder-vos a tudo com verdade.

GRACIANO — Façamos isso; e seja esta a primeira pergunta que há de responder a minha Nerissa, após prestar o compromisso: se ficamos despertos desse jeito mais um dia, ou se vamos para o leito, a fim de aproveitarmos este prazo da noite que já se acha em tanto atraso. Por mim, se fosse dia, eu desejaria que nos chegasse logo a noite avara, para que dormir pudesse um bocadinho com o escrivão do doutor, o enfezadinho. Nada hei de, ora, guardar com mais cuidado do que o anel de Nerissa tão prezado.

(*Saem*).

L
I
V
R
E

Este livro foi impresso pela Gráfica Guadalupe.
Os tipos usados para este livro foram Sabon e Syntax Std.
O miolo foi feito com papel chambril avena 80g,
e a capa com cartão triplex 250g.